剣鬼と盗賊

剣客同心親子舟

鳥羽 亮

時代小説文庫

角川春樹事務所

本書は時代小説文庫（ハルキ文庫）の書き下ろし作品です。

目次

剣鬼《けんき》と盗賊

剣客同心親子舟

第一章　両替屋

一

ヒュウ、ヒュウと、表通りを風が吹き抜けていた。町木戸の閉まる四ツ（午後十時）を過ぎている。

そこは、日本橋本町二丁目の表通りだった。日中は大勢のひとが行き来している賑《にぎ》やかな通りだが、いまは人影もなく、風の音だけが聞こえてくる。

通り沿いには、呉服屋、太物《ふともの》問屋、両替屋などの大店《おおだな》が軒を並べているが、どの店も表戸をしめ、洩《も》れてくる灯もなく、ひっそりと寝静まっていた。

その風音のなかに、何人もの足音が紛れていた。五人の男が、夜陰のなかを走ってくる。先頭に立った男が、龕灯《がんとう》を手にしていた。火が消えないように、片手で風を遮《さえぎ》っている。龕灯は、ブリキで釣鐘形の外枠を作り、中に蠟燭《ろうそく》立てをつけた提灯《ちょうちん》で、現在の懐中電灯のように一方だけを照らすことができる。

五人の男は、両替屋の前で足をとめた。本両替の繁田屋《しげたや》である。店の脇の掛看板に、両替と大書してある。

両替屋は、本両替と脇両替とに分かれていた。本両替は、金銀との交換を行い、両替の他に、手形の振替え、預金、貸付など現在の銀行のような仕事をしていた。

一方、脇両替は、質屋、酒屋などが、売り上げの銭を交換するだけだった。ただ、脇両替の店の数は多い。

五人の男は繁田屋の前で足をとめると、脇のくぐり戸の前に集まった。五人のなかに、武士がふたりいた。ふたりとも顔を頭巾《ずきん》で隠していたが、小袖《こそで》にたっつけ袴《ばかま》姿で、大小を腰に差しているので、武士と知れる。

「くぐりをあけろ」

大柄な男が言った。こちらは武士ではない。闇に溶ける茶の腰切半纏《こしきりばんてん》に同色の股引《ももひき》、茶の頭巾をかぶって顔を隠していた。この男が、頭目《とうもく》かもしれない。

他のふたりの男も、大柄な男と同じような格好をしていた。

大柄な男の脇にいた中背の男が、ちいさな斧《おの》を手にしてくぐり戸の前に立った。すると、龕灯を手にした男が、明かりをくぐり戸に当てた。

「行くぜ」

中背の男が、闇のなかに浮かび上がった戸に斧を振り下ろした。

バキッ、という音がして、板戸が割れた。音は、風が板戸を揺らす音に掻《か》き消されてしまう。

中背の男が二度、三度と斧をふるうと、くぐり戸の板が大きく割れ、腕を差し込むだけの隙間《すきま》ができた。

男は斧をふるうのをやめ、戸の隙間から腕をつっ込み、猿《さる》を外した。猿は、戸の框《かまち》に取り付け、敷居の穴に突き刺して戸締まりをする木片である。

男は、くぐり戸をあけた。くぐり戸の先は土間になっていて、その先に広い座敷があった。座敷が両替の場だが、今は人影がなく闇にとざされている。

「こっちを、照らせ」

大柄な男が、龕灯を手にしている男に声をかけた。

男は先にくぐりから入り、龕灯の明かりを店内にむけた。土間の先が、広い座敷になっていた。そこが、両替の場である。

左手奥に帳場があり、帳場机の上に台秤《だいばかり》が置いてあった。その台秤で、金銀の重さを量るのである。

両替の場に、人影はなかった。店の奉公人や主人の家族は両替の場の奥の座敷か、二階で寝ているのであろう。

龕灯を持った男が、帳場の奥にあった燭台の蠟燭に火を点《つ》けた。すると、帳場が蠟燭の灯で浮かび上がったように見えた。

「安造《やすぞう》、番頭を連れてこい」

大柄な男が言った。

龕灯を手にしている男は、安造という名らしい。

安造は、龕灯を持ったまま帳場の右手にある廊下に足をむけた。すると、そばにいた長身の武士が、

「おれも一緒に行こう」

と言って、前に出た。胸が厚く、どっしりと腰が据わっている。剣の稽古で鍛えた体のようだ。

これを見た斧を手にした中背の男が、

「あっしも、行きやしょう」

と言って、長身の武士の後についた。

安造が先にたち、武士と中背の男がつづいた。三人は、帳場の左手にある廊下に足をむけた。その廊下が、奥につづいているらしい。

いっときすると、三人の男は寝間着《ねまき》姿の初老の男を連れてきた。男は武士と中背の男に両腕を取られ、足を引き摺《ず》るようにして帳場に来た。

「番頭か」

大柄な男が訊《き》いた。

初老の男は、無言でうなずいた。恐怖で顔から血の気が引き、体がワナワナと顫《ふる》えている。

「内蔵の鍵は、どこにある」

「……」

番頭は口をとじたまま、身を顫わせていた。

すると、長身の武士が手にしていた刀の切っ先を番頭の首に当て、

「言わねば、ここで首を落とす」

と、語気を強くした。

「ちょ、帳場机の後ろの、小箪笥《こだんす》に……」

番頭が声をつまらせて言った。

すると、その場にいたもうひとりの中背の武士が、帳場机の後ろに置かれた小箪笥の引き出しをあけた。そして、鍵を手にし、

「これか」

と、番頭に訊いた。

番頭は青褪《あおざ》めた顔で、うなずいた。

すると、中背の武士が、

「おれが、内蔵から運んでくる」

そう言って、そばにいた龕灯を手した安造ともうひとりの男に、「行くぞ」と声をかけた。

「木島《きじま》、内蔵のある場所は分かるか」

長身の武士が訊いた。中背の武士は、木島という名らしい。

「分かる」

木島は、すぐにその場を離れた。

龕灯の明かりが、三人の男の足音とともに廊下の奥に遠ざかっていく。

帳場には、長身の武士と頭目と思われる大柄な男、それに番頭が残った。

「駒蔵《こまぞう》、ことはうまく運んでいるな」

長身の武士が、そばに立っている大柄な男に言った。頭目と思《おぼ》しき男の名は駒蔵らしい。

「狙いどおりでさァ」

駒蔵が、口許《くちもと》に薄笑いを浮かべて言った。

「闇と風が、おれたちを消してくれるわけか」

長身の武士が、強風に打たれて、ゴトゴトと音をたてている表戸の方に目をやって言った。

番頭は青褪めた顔のまま、がたがたと体を顫わせている。

それからいっときすると、廊下を歩く足音がし、三人の男が姿を見せた。奥にむかった安造たち三人である。

木島が龕灯を手にしていた。安造ではないもうひとりの男が、千両箱を担いでいる。同行した木島は、百両箱を持っていた。

「たんまり入《へえ》っていやす」

安造が、ニヤリとして言った。

「うまくいったな」

駒蔵が、満足そうな顔をしてうなずいた。

「柳瀬《やなせ》、引き揚げるか」

木島が長身の武士に言った。長身の武士の名は、柳瀬らしい。

「その前に、やらねばならぬことがある」

柳瀬は刀を抜くと、番頭に目をやり、

「番頭、逃げろ！」

と、声をかけた。

番頭の顔から血の気が引き、体の顫えが激しくなった。それでも、番頭は後退《あとずさ》り、柳瀬との間《ま》があくと、反転して逃げようとした。

その瞬間、柳瀬が右足を前に出し、右肩の上に刀を構えた。通常の八相《はっそう》とはちがう変わった構えである。そして、刀を袈裟《けさ》に払った。一瞬の太刀《たち》捌《さば》きである。

切っ先が、逃げようとした番頭の首から背にかけて斬り裂いた。

番頭の首から、血が赤い帯のように噴出した。首の血管《ちくだ》を斬ったらしい。

番頭は血を撒《ま》きながらよろめき、足がとまると、腰から崩れるように倒れた。畳に俯《うつぶ》せに倒れた番頭は、体を小刻みに顫わせていたが、悲鳴も呻《うめ》き声も上げなかった。

首から流れ出た血が、赤い布を広げていくように畳を赤く染めていく。

番頭はいっときすると、動かなくなった。息の音が、聞こえない。絶命したようである。

「ざまあねえや」

中背の男が、薄笑いを浮かべて言った。この男の名は、茂次郎《しげじろう》だった。駒蔵の子分である。

柳瀬は手にした刀に血振るいをくれ、刀身を鞘《さや》に納めた。血振るいは刀を振って、血を振り落とすことである。

「長居は無用」

柳瀬が言った。

五人の賊は土間に下り、くぐりから外に出た。そして、強風のなかを東にむかって走りだした。

二

「菊太郎《きくたろう》は、まだ庭か」

長月隼人《ながつきはやと》が、妻のおたえに訊いた。

おたえは、隼人の背後から黒羽織をかけてやっていた。隼人が南町奉行所へ出仕する身仕度の手伝いをしていたのだ。

菊太郎は暗いうちに朝餉《あさげ》を食べ、ひとりで庭に出て剣術の稽古をしていた。稽古といっても、木刀の素振りや打ち込みをするだけである。

「まだ、剣術の稽古をしているはずですよ」

おたえが言った。

「そろそろ、仕度しないと遅れるぞ」

隼人は、南町奉行所の隠密廻《おんみつまわ》り同心だった。これから、菊太郎を連れて出仕するつもりだったのだ。

菊太郎は、十六歳。まだ、見習《みならい》である。見習は、町奉行所同心の役柄の最も低い無《む》足《そく》見習より、ひとつだけ格が上だった。菊太郎は出仕して二年経《た》ち、すこしだけ出世したといっていい。

それに、町奉行所の同心は、一代限りの御抱席《おかかえせき》だった。そのため、子供が親の跡を継ぐことはできないはずなのだ。

ところが、町奉行所の同心の多くは、子供に跡を継がせるために、嫡男《ちゃくなん》が元服《げんぷく》を終えて一、二年すると、無足見習の役柄に就かせる。そして、歳《とし》とともに出世させ、親が隠居するころには、ほぼ同じ役柄の跡を継ぐことになる。一代限りといっても、世襲とかわらないのだ。

隼人は、五十路《いそじ》を越えていた。菊太郎に跡を継がせて隠居してもいい歳だが、まだ老いの衰えは感じさせなかった。長年剣術の稽古で鍛えた体のせいである。

隼人は羽織を着終えると、庭に面した縁側に出て、菊太郎を呼ぼうとした。そのとき、縁側に近付いてくる足音がし、

「父上、利助《りすけ》です！」

と、菊太郎の声がした。

利助は、隼人が使っている御用聞きだった。何かあったらしい。

隼人は、障子をあけて縁側に出た。

利助と菊太郎が、足早に縁側に近付いてきた。利助の顔に、汗が浮いている。急いで来たせいらしい。

菊太郎は小袖の両袖を襷《たすき》で絞り、木刀を手にしていた。

「どうした、利助」

隼人が訊いた。

「押し込みでさァ！」

利助の声は、昂《たかぶ》っていた。

「押し込みな」

隼人が、気のない声で言った。

隠密廻り同心は、奉行の命を受けて事件に当たることが多かった。定廻《じょうまわ》り同心や臨時廻り同心のように、市井で起こる事件に直接かかわることは少ない。ただ、巡視のおりに事件に遭遇したとでもいえば、奉行の命を受けずに事件の探索に当たっても、非難されるようなことはなかった。

「盗賊のなかに二本差しがいたらしく、番頭が首を斬られて殺されやした」

利助が、身を乗り出して言った。

「武士がいたのか」

隼人は、念を押すように訊いた。

「まだ、二本差しと決め付けられねえが、番頭は首から背にかけて斬られたようでさァ」

「袈裟か」

隼人は、腕のたつ武士が番頭を斬ったとみた。下手人は、袈裟に払った一太刀で番頭を仕留めたらしい。

「行ってみるか」

隼人が、菊太郎に目をやって言った。

「父上、おれも行って、かまいませんか」

菊太郎が、身を乗り出して訊いた。

菊太郎はまだ見習の身だったので、勝手に市井で起こった事件の探索に当たることはできない。だが、鬼隼人の異名をとる父のように、頼られる同心になるのだと意気込んでいた。

「おれが、青山《あおやま》どのにあとで話しておこう」

隼人が言った。

青山登兵衛《とうべえ》は、隼人たちと同じ南町奉行所の同心だったが、役格は年寄だった。年寄は、同心のなかで最も高い役柄で、同心たちの世話役のような立場でもある。

「菊太郎、着替えてこい。木戸門のところで待っている」

隼人はそう言うと、縁側から座敷にもどった。

「はい！」

菊太郎は、足早に庭から組屋敷の戸口にむかった。

隼人が先に出て、利助とふたりで戸口で待っていると、菊太郎がおたえと一緒に慌てた様子で出てきた。

おたえは、隼人たちを木戸門の外まで見送りに出て、

「おまえさん、菊太郎、気をつけて」

と、心配そうな顔をして言った。

「おたえ、今日は、すこし、遅くなるかもしれん」

隼人はそう言い残し、菊太郎と利助と供に木戸門から出た。

「利助、賊に入られた店は、どこにある」

隼人が訊いた。

「本町二丁目でさァ」

「店の名は」

「繁田屋ってえ、両替屋だそうで」

「急ごう」

隼人たちは、町方同心の住む組屋敷のつづく通りを西にむかった。いっときすると、楓川《かえでがわ》沿いの道に出た。その道を北にむかい、日本橋川にかかる江戸橋を渡った。そして、内堀沿いの道をさらに北に進むと、奥州《おうしゅう》街道に突き当たった。

隼人たちは奥州街道を西に向かい、賑やかな日本橋通りを横切り、本町二丁目に入った。

「繁田屋は、この辺りと聞きやした」

利助が、通り沿いの店に目をやりながら言った。

三

「あの店だ!」

利助が指差した。

店の表戸は、しまっていた。間口の広い店の前に、大勢の人が集まっている。多くは、通りすがりの野次馬らしいが、岡っ引きや下っ引きらしい男の姿もあった。

店の右手の板戸が、一枚だけあいていた。そこに、岡っ引きらしい男がふたり立っていた。店の出入り口になっているらしい。

隼人たちが近付くと、岡っ引きが身を引いて、その場をあけた。隼人は、黒羽織の裾を帯に挟む巻羽織《まきばおり》と呼ばれる町方同心独特の格好をしていたので、身分を口にしなくとも、それと知れるのだ。

隼人につづいて、菊太郎と利助も店内に入った。

土間の先が、広い座敷になっていた。そこに、岡っ引きや下っ引き、店の奉公人らしい男が集まり、八丁堀同心の姿もあった。

「天野《あまの》さまだ」

菊太郎が、座敷を指差して言った。

天野玄次郎《げんじろう》は、隼人が親しくしている定廻り同心だった。住んでいる組屋敷が近いこともあって、これまで、隼人は天野とともに多くの事件の探索に当たってきた。天野も繁田屋に賊が入ったと聞いて、駆け付けたらしい。

隼人はそばにいた利助に、「近所で、聞き込んでみてくれ」と小声で伝え、天野に足をむけた。

利助はすぐに踵《きびす》を返し、外に出た。店内でなく、近所で聞き込みに当たるのである。

隼人が天野に近付くと、

「長月さん、そこに」

そう言って、男たちが集まっている帳場の脇を指差した。

集まっている男たちのなかに、谷沢《やざわ》という北町奉行所の定廻り同心の姿があった。やはり事件のことを耳にして駆け付けたのだろう。

隼人は、谷沢と事件現場で何度か顔を合わせたことはあったが、親しく話したことはなかった。

谷沢の足許《あしもと》に、男がひとり横たわっていた。俯せに横たわっている男のまわりに、黒ずんだ血が飛び散っている。

「番頭の喜平《きへい》らしい」

谷沢は隼人に顔をむけて言うと、腰を上げた。そして、「おれは、内蔵を見てくる」と言い残し、死体のそばから離れた。隼人に、その場を譲ったらしい。

隼人は、倒れている男の脇に屈《かが》んだ。菊太郎と天野は隼人の背後に立ったまま、男の死体に目をやっている。

隼人は喜平の首から背にかけて斬られた傷口を見て、

……後ろから袈裟に一太刀か！

と、胸の内で声を上げた。

「下手人は、遣い手のようだ」

隼人は、菊太郎と天野に聞こえる声で言った。

「下手人は、武士ですか」

天野が、隼人に身を寄せて念を押すように訊いた。

「武士とみていいな。刀傷だし、なかなかの遣い手だ。……ただ、賊がひとりとは思えん。一味が何人か分からないが、武士がいたことはまちがいないな」

隼人が、はっきりと言った。

隼人はいっとき死体に目をやっていたが、腰を上げ、

「店の者から、話を聞きたいのだがな」

と、周囲に目をやって言った。

「そこに、店の主人がいます」

天野が、帳場格子の脇を指差して言った。

見ると、恰幅《かっぷく》のいい初老の男が立っていた。黒羽織に、縞柄《しまがら》の小袖を着ていた。その脇に、手代《てだい》らしい男もいた。岡っ引きたちが、初老の男から話を聞いている。

隼人と天野が初老の男に近付くと、そばにいた岡っ引たちが、身を引いた。八丁堀同心のふたりに遠慮して、その場を譲ったらしい。

「店の主人か」

隼人が訊いた。

「宗五郎《そうごろう》で、ございます」

主人が、上擦《うわず》った声で名乗った。面長《おもなが》で、顎《あご》がしゃくれている。

「殺されたのは、番頭ひとりか」

隼人が、小声で訊いた。

「は、はい……。てまえは朝まで眠っていて、番頭が殺されたことも、知りませんでした」

宗五郎によると、家族は二階の座敷に寝ており、朝、手代や丁稚《でっち》が騒ぎ出すまで、盗賊が店に入ったことも気付かなかったという。

「奉公人のなかで、賊の姿を見掛けた者はいないのか」

隼人が訊いた。

「おりません。手代や丁稚は、一階の奥の部屋で寝ていたのですが、朝まで、だれも気付かなかったようです」

「奪われた金は」

「内蔵が破られ、千両箱一つと百両箱を奪われました」

宗五郎が、千両箱には、八、九百両入っていたと口にした。また、百両箱には、小判でなく一分銀と一朱銀が、五、六十両入っていたという。

「いずれにしろ、千両近く奪われたのか。……大金だな」

「は、はい、店の金をほとんど持っていかれました」

宗五郎が、肩を落として言った。

「ところで、内蔵の鍵は」

隼人が、声をあらためて訊いた。

「帳場の奥の小簞笥に入れてあった鍵が、使われたようです。番頭が、ここに連れ出されたのも、内蔵の鍵を出させるためではないかと……」

宗五郎が、語尾を濁した。自分は眠っていて、賊が入ったことも気付かなかったので、断定することはできなかったのだろう。

「そうか」

隼人は、いっとき間《ま》を置いて、さらに訊いた。

「ところで、賊が入る何日か前、不審なことを見聞きしたことはないか。例えば、物陰から店の様子を窺《うかが》っていた者がいたとか、奉公人を摑《つか》まえて、蔵のあり場所を訊いていたとか……」

「これといって変わったことは、なかったようですが……」

宗五郎は首を捻《ひね》った。

「昨晩は、どうだ」

「そういえば……ございました」

宗五郎が、語気を強くして言った。

「どんなことだ」

「風です。あまりに風が強く。風音で、なかなか眠れませんでした」

「風か！」

思わず、隼人が声を上げた。

隼人は、思い出した。昨晩、強風が吹き荒れ、風が雨戸を揺らす音などで、隼人も寝つけなかったのだ。

「手代や丁稚たちのなかに、夜中に目を覚ましたという者もおりましたが、風音で人声や物音は聞こえなかったようです」

「賊は、風の強い夜を狙ったのかもしれんな」

隼人が、虚空《こくう》を睨《にら》むように見据えて言った。

隼人は宗五郎の他に、ふたりの手代から話を聞いたが、新たなことは知れなかった。

四

隼人は、菊太郎を連れて繁田屋を出た。店の前には、まだ人だかりができていた。通りすがりの者が多いようだが、近所の住人らしい者もいる。

「利助は、まだもどってないな」

隼人が、人だかりに目をやって言った。

隼人と菊太郎はそこから離れ、通りの左右に目をやった。近所に話の聞けるような店はないか探したのだ。

「父上、利助です」

菊太郎が、通りの先を指差して言った。

見ると、利助が小走りに近付いてくる。

隼人は利助がそばに来ると、

「何か知れたか」

と、すぐに、訊いた。

「近所の店の者に、訊いたんですがね。賊が繁田屋に入る前の日、網代笠《あじろがさ》をかぶった二本差しが、斜向《はすむ》かいにある呉服屋の脇に立っているのを見掛けたそうです」

利助が口早に言った。

「その武士は、繁田屋に目をやっていたのか」

隼人が訊いた。

「笠をかぶっていたので、繁田屋を見ていたかどうか、分からないそうです」

「武士は、長い間、立っていたのか」

さらに、隼人が訊いた。

「半刻（一時間）ほど立っていた、と言ってやしたが」

「半刻か。……何とも言えんな」

人を待って、路傍に半刻ほど立っていたとしても、盗賊とかかわりがあると、決め付けられない、と隼人は思った。

いっとき、隼人、菊太郎、利助の三人は口をつぐんで、通りを行き来する人に目をやっていたが、

「どうだ、もうすこし近所で聞き込んでみるか。昨夜は風が強かったが、雨が降っていたわけではない。……夜遅く、通りかかった者もいるはずだ」

隼人が言った。

隼人たちは、一刻（二時間）ほどしたら、繁田屋の前にもどることにし、その場で分かれた。

ひとりになった隼人は、表通りを避けて近くにあった路地に入った。店からあまり外に出ることのない大店の奉公人より、近所の住人の方が、賊につながる話が聞けるのではないかと思ったのだ。

隼人が目にとめたのは、繁田屋から一町ほど離れた場所にあった路地だった。路地沿いには、下駄屋《げたや》、八百屋、飲屋などの小体《こてい》な店が並んでいた。行き交う人も、ほとんどがその土地の住人らしかった。

隼人は路地を歩きながら、八百屋を目にとめた。店の親爺《おやじ》が、でっぷり太った大年増《おおどしま》と話していた。女は大根を手にしていた。大根を買いに来て、八百屋の親爺と世間

話を始めたようだ。

隼人が八百屋に近付くと、

「また、来るね」

大年増は、そう言い残し、八百屋の店先から足早に離れた。隼人の姿を目にしたらしい。

「ちと、訊きたいことがある」

隼人が、親爺に声をかけた。

「何です」

親爺は、大根を並べなおす手をとめて、隼人に目をむけた。戸惑うような顔をしている。隼人の身装《みなり》から八丁堀同心と分かったようだ。

「昨夜、繁田屋に盗賊が入ったことは知っているか」

隼人が訊いた。

「知ってやす」

親爺は、緊張した面持ちで言った。

「そうか。……ちかごろ、繁田屋にかかわることで、不審なことを目にしたり、耳にしたことはないか」

「これといったことは、ねえですが……」

親爺は、首を傾《かし》げたが、

「そういえば、角の吾作《ごさく》が、昨夜遅く、飲んだ帰《けえ》りに繁田屋の近くを通ったとき、何人かの男が風のなかを走っていくのを見掛けたと言ってやした」

と、昂った声で言った。親爺は、その男たちと盗賊をつなげたようだ。

「吾作という男は、どこに住んでいる」

隼人は、身を乗り出して訊いた。

「ここから、二町ほど先に行くと、下駄屋がありやす。下駄屋が、吾作の店でさァ」

「手間をとらせたな」

隼人はそう言い残し、路地の先にむかった。

表通りからさらに離れると、しだいに人通りがすくなくなってきた。

二町ほど歩くと、下駄屋があった。店先に、赤や紫などの鼻緒をつけた下駄が並んでいる。客の姿はなかった。

隼人が店先に立って店内を覗《のぞ》くと、店の親爺らしい男がひとりで、下駄を並べた台の埃《ほこり》を払っていた。

隼人は店に入り、

「吾作か」

と、声をかけた。

男ははたきを手にしたまま振り返り、隼人を見ると、顔を強張《こわば》らせた。いきなり、八丁堀同心が、店に入ってきたからだろう。

「そ、そうで……」

吾作が声をつまらせて言った。

「昨夜、繁田屋の近くで、何人かの男が走っていくのを見掛けたそうだな」

隼人が吾作を見すえて訊いた。

吾作は驚いたような顔をした後、

「見掛けやした」

と、首をすくめて言った。

「その男たちは、繁田屋に押し入った賊かもしれぬ」

「……！」

吾作が目を剝《む》いて、隼人を見た。

「何人いた」

「暗くて、はっきりしなかったが……」

吾作は、記憶を辿《たど》るようにいっとき虚空に目をむけていたが、

「四、五人いたような気がしやす」

と、小声で言った。

「四、五人か。……そのなかに、武士がいたな」

「いたと思いやす。刀を差していた男が、ふたりいたような気がしやす」

「武士は、ふたりか」

隼人が言った。繁田屋に押し入った賊は四、五人で、そのなかに武士がふたりいたようだ。番頭の喜平を斬り殺したのは、そのふたりの武士のうちのひとりであろう。

「武士の身装を覚えているか」

隼人は、身装からどんな暮らしをしている武士か、推測できるとみたのだ。

「ふたりとも、たっつけ袴で、大小を差していたように見えやした」

「牢人《ろうにん》ではないな」

身装だけで断定できないが、隼人は牢人ではないような気がした。牢人でなければ、幕臣か、大名家の江戸詰めの藩士ということになるが——。

「賊のうちのだれかが、千両箱のようなものを持っていなかったか」

隼人が、声をあらためて訊いた。

「そう言われてみれば、何か担いでいるやつがいやした」

「そうか」

担いでいたのは、千両箱だろう、と隼人はみた。

隼人は、いっとき間をとった後、

「それで、賊がむかった先は分かるか」

と、吾作を見つめて訊いた。

「繁田屋の前の通りを東にむかったようです」

「東か」

東と分かっただけでは、賊の行き先を突き止めるのは難しい、と隼人は思った。繁田屋の前の通りを東にむかうと、すぐに日本橋通りに突き当たる。さらに真《ま》っ直《す》ぐ進めば、奥州街道になり、浅草方面とつながっている。大勢で聞き込みにあたっても、突き止められないだろう。

「手間をとらせたな」

隼人は、吾作に声をかけてその場を離れた。

五

隼人が繁田屋の近くまで行くと、店の脇に立っている菊太郎と利助の姿が見えた。

ふたりは、隼人を待っているようだ。

隼人はふたりに近付くと、往来の邪魔にならないように、すこし繁田屋から離れた路傍に立ち、

「おれから話す」

隼人が言い、八百屋の親爺と吾作から聞いたことを一通り話した。

「おれも、盗賊一味らしき男たちを見たやつから、話を聞きました」

菊太郎が言った。

菊太郎が話を聞いたのは、大工だという。大工は仕事仲間の男と夜遅くまで飲み、繁田屋の近くを通りかかったとき、盗賊らしき男たちを目にしたという。

「繁田屋の近くは、多くの人が住んでいるので、夜になっても通りかかる男がいるようだ」

隼人はそう言った後、

「盗賊のことで、何か知れたか」

と、菊太郎に目をやって訊いた。

「盗賊は、五人だったそうです」

「五人か」

「はい、五人のうち、小袖にたっつけ袴の武士がふたりいたそうです。刀を差していたので武士と知れたようです」

「おれが聞いた話と同じだな。やはり、牢人ではないようだ」

隼人は、牢人らしくない身装とみたのだ。

菊太郎の話が終わると、

「あっしは、盗賊のことでは話を聞けなかったんでさァ」

利助は、そう言った後、

「北町奉行所の谷沢さんが、何人かの御用聞きを連れて、聞き込みにあたっているのを目にしやした」

と、続けた。

「谷沢さんも、大きな事件とみて本腰をいれているのか」

隼人が、つぶやくような声で言った。

話がとぎれたところで、

「どうしやす」

利助が、隼人と菊太郎に目をやって訊いた。

「まだ、聞き込みが十分とは言えないが、今日のところは、八丁堀に帰るか」

隼人は、そう言って歩きだしたが、

「そうだ、明日は、盗賊一味のなかにいたふたりの武士を当たってみるか」

と、足をとめて言った。

菊太郎と利助も足をとめて、隼人に目をやった。

「武士はふたりとも、牢人ではないようだ。幕臣か、大名家の江戸詰めの藩士ということになるが……。それにしても禄《ろく》を得ている武士が、盗賊と一緒になって商家に押し入るとは思えんな」

隼人は首を捻った。

菊太郎と利助は、黙したまま立っている。

「いずれにしろ、もうすこし聞き込みに当たってみるしかないな」

そう言って、隼人はゆっくりと歩きだした。

菊太郎と利助は、隼人についてくる。

途中、隼人と菊太郎は利助と別れ、来た道を引き返した。隼人たちは、このまま八丁堀に帰るつもりだった。

ひとりになった利助は、紺屋町《こんやちよう》にある小料理屋の豆菊《まめぎく》にむかった。豆菊は、利助の家である。

豆菊の主人である八吉《やきち》は元御用聞きで、隼人の手先として長年探索に当たってきた男だった。八吉に代わって、八吉の下っ引きだった利助が、隼人の手先になったのである。

利助は、八吉の実子ではなかった。子がいなかった八吉は、利助を養子にもらい、家だけでなく岡っ引きも継がせたのだ。

隼人と菊太郎は八丁堀の組屋敷にもどると、おたえが仕度してくれた夕餉《ゆうげ》を食べ、早めに床についた。一日中歩きまわって疲れていたせいか、ふたりともすぐに眠りについた。

翌朝、隼人と菊太郎はいつもより遅く朝餉をすまし、おたえに手伝ってもらい探索に出かける仕度をしていた。

そのとき、戸口で、隼人を呼ぶ庄助《しょうすけ》の声が聞こえた。庄助は、隼人が出仕のおりに供として連れていく小者《こもの》だった。事件の探索にくわわることは、滅多にない。

隼人は、何かあったらしい、と思い、急いで小袖を着終えた。そして、屋敷の戸口にむかった。すでに、着替えを終えていた菊太郎も、隼人につづいた。

隼人と菊太郎が戸口から出ると、庄助の背後に、天野と与之助《よのすけ》が立っていた。与之助は天野に仕えている小者である。

「天野、どうした」

隼人が訊いた。

「御用聞きが、殺されたらしいのだ」

天野が、眉を寄せて言った。

「御用聞きの名は」

すぐに、隼人が訊いた。

「市造《いちぞう》という男でな。北町奉行所の谷沢さんの手先らしい」

「すると、市造という男は、繁田屋の件を探っていたのか」

隼人は、谷沢が繁田屋に来ていたことを思い出した。

「そうらしい」

「場所はどこだ」

隼人は、行ってみようと思った。

「本町二丁目らしい」

「繁田屋の近くか」

隼人は、戸口に顔を出したおたえに、「事件のことを調べに、本町まで出かける」と声をかけ、菊太郎とともに、天野につづいて木戸門から出た。与之助は、天野の家に帰された。

隼人、菊太郎、天野の三人は、八丁堀から楓川沿いの通りを経て日本橋を渡り、室《むろ》町《まち》に出た。そして、本町二丁目に入り、繁田屋の脇まで来て足をとめた。

繁田屋は、表戸がしまっていた。店をとじたままらしい。ただ、野次馬の姿はすくなかった。表戸の脇の一枚があいていて、そこから店の奉公人や岡っ引きなどが出入りしている。

先にたって歩いていた天野が、

「あそこだ」

と、言って、繁田屋の先を指差した。

繁田屋の脇に、人だかりができていた。通りすがりの野次馬たちが多いようだが、岡っ引きや下っ引きらしい男の姿もあった。

六

「谷沢さんもいる」

天野が、人だかりを指差して言った。

見ると、そのなかほどに谷沢の姿があった。谷沢は町奉行所の同心らしく、羽織の裾を帯に挟む、巻羽織と呼ばれる格好をしていた。

隼人たち三人が近付くと、「八丁堀の旦那だ」「三人一緒だぞ」などという声が聞こえ、野次馬たちが身を引いた。

谷沢の立っている足許に、横たわっている男の姿が見えた。俯せになった男の胸の辺りが、黒ずんだ血に染まっている。

隼人たちが谷沢に近付くと、

「御用聞きの、市造だ」

谷沢が、顔をしかめて言った。

「繁田屋の事件を探っていたのか」

隼人が訊いた。

「そうだ」

谷沢は、横たわっている市造に目をやって言った。

「下手人は、だれか分かっているのか」

「繁田屋に押し入った盗賊とみている。市造は、盗賊を探っていたのだ。おそらく、盗賊たちに気付かれて襲われたのだ」

谷沢が、無念そうな顔をして言った。

「どの辺りを探っていたのだ」

さらに、隼人が訊いた。

「どこかな。おれも、くわしいことは知らないのだ」

谷沢は、曖昧《あいまい》な物言いをした。おそらく、北町奉行所の同心として、南町奉行所の同心に、探ったことを話したくないのだ。事件に当たる北と南の同心たちの間に、対抗意識があったからだ。

「繁田屋の近くを探っていたわけではあるまい」

かまわず、隼人が訊いた。

「どうかな。市造は、探っていたことを、繁田屋の者に確かめるために来たのかもしれん」

谷沢は素っ気なく言うと、そばにいた手先たちに、「市造の亡骸《なきがら》を、身内の者に引き取らせろ」と指示して、立ち上がった。

谷沢につづいて、隼人たち三人が、その場を離れたとき、通りの先に利助が姿を見せた。利助は綾次《あやじ》を連れていた。ふたりは、豆菊から駆け付けたらしい。

綾次は、利助の下っ引きだった。利助は一人で動くことが多かったが、大きな事件の探索に当たるときは、綾次を使うこともあったのだ。綾次はふだんから豆菊に出入りし、事件の探索に当たっていないときは、店を手伝うこともある。

隼人たちは繁田屋からすこし離れた路傍で、利助たちと顔を合わせた。

隼人は利助と綾次に、

「市造が、殺された。下手人は繁田屋に押し入った賊で、武士のようだ。それも、牢人ではないらしい」

そう話した後、近所で聞き込みに当たるよう指示した。

「承知しやした」

「おれたちも、聞き込みに当たるか。昨夜、市造はこの近くに来て、賊のなかにいた武士に殺されたとみていい。……どんな用があって来たのか分からないが、市造の姿を見掛けた者がいるはずだ」

隼人が、天野と菊太郎に言った。

隼人たち五人は、半刻（一時間）ほどしたら繁田屋の店の前にもどることにして、その場を離れた。

隼人は繁田屋の奉公人から、昨夜の様子を訊いてみようと思った。繁田屋の脇の表戸が、一枚だけあいていたのだ。

繁田屋のなかは薄暗かった。客の姿はなかったが、帳場の近くに手代らしい男がふたりいた。ふたりは身を寄せて話していたが、店に入ってきた隼人に気付いたらしく、慌てて近付いてきた。

「手代か」

隼人が訊いた。

「はい、手代の長次郎《ちょうじろう》です」

ひとりが名を口にすると、もうひとりが、「峰吉《みねきち》です」と小声で名乗った。

「近くで、御用聞きが殺されたのを知っているな」

「知っています」

長次郎が言った。

「この店に、立ち寄ったのか」

「は、はい、暮れ六ツ（午後六時）近くになって……」

「御用聞きは、何か訊くために店に立ち寄ったのではないか」

隼人は、ふたりに目をやって訊いた。殺された市造は、繁田屋に押し入った盗賊のことで何か摑み、それを確かめるために、店に来たのではあるまいか。

「てまえと丁稚の安次《やすじ》が店におりましたので、殺された親分さんと話しました」

長次郎が言った。

「御用聞きは、どんな話をした」

「盗賊が、この店に押し込む何日か前、武士が両替に来なかったか、訊かれました」

「それで、武士は両替に来たのか」

隼人が、身を乗り出して訊いた。

「おふたり、見えました。てまえが、ちょうどそばにいたもので、おふたりと会って、話を聞きました」

長次郎が、困惑したような顔をした。

「どんな話だ」

「ひとりが、財布から小判を三枚出し、小判だと使いづらいので、一分銀か一朱銀かに換えてくれ、とおっしゃいました」

「それで」

隼人は、話の先を促した。

「てまえは、なにやら不審に思いましたが、お武家さまに言われたとおり、小判を銀貨に換えました」

「ふたりは、そのまま帰ったのか」

「はい、銀貨を財布に入れると、何も言わずに、お帰りになりました」

「そのふたり、店を探りに来たのではないか」

隼人が、長次郎に目をやって訊いた。

「今になって、あのふたりは、店の様子を探りに来たのではないか、と気付いたのですが……」

長次郎は、「番頭さんや旦那さまに、申し訳ないことをしました」と声を震わせて言い添えた。

「長次郎、おまえのせいではない。他の者でも、同じように対応したはずだ」

隼人は、ふたりの奉公人に、「また、何かあったら、寄らせてもらうぞ」と言い残し、戸口から通りに出た。

隼人が通りの左右に目をやると、天野と菊太郎の姿があった。

ふたりは繁田屋の脇にいたが、隼人の姿を目にすると、小走りに近付いてきた。

「何か知れたか」

隼人が、天野と菊太郎に目をやって訊いた。

「昨日、陽《ひ》が沈むころ、殺された市造の姿を見掛けた者がおりました」

天野はそう口にした後、「市造のことで知れたのは、それだけです」と小声で言い添えた。

すると、菊太郎が、

「新たに知れたことは、何も……」

と小声で言って、首を横に振った。

「おれは、繁田屋の奉公人から聞いたのだがな」

隼人はそう前置きし、長次郎から聞いたことをかいつまんで話した。

「ふたりの武士は、繁田屋に押し入る前に、下見に来たのですね」

天野が訊いた。

「そのようだ。……賊は、繁田屋なら大金が手に入るとみたのだな」

隼人が、繁田屋に目をやりながら言った。

それから、いっときすると、利助と綾次が足早にもどってきた。

利助は、隼人たちのそばに来るなり、

「お、遅れちまって、申しわけねえ」

と、声をつまらせて言った。急いで来たらしく、息が乱れている。

「何か知れたか」

隼人が訊いた。

「それが、これといったことは、何も知れねえんで」

利助は、首をすくめてそう言った後、

「殺された市造と親しくしている与三郎《よさぶろう》ってえ御用聞きから耳にしたんですがね。市造は、繁田屋に来る前、豊島町《としまちょう》に行ってたそうですぜ」

「豊島町のどこだ」

すぐに、隼人が訊いた。

豊島町は、柳原通り沿いにひろがっている。

「それが、どこか分からねえんで」

「豊島町というだけでは、探しようがないな」

隼人が言った。豊島町は、一丁目から三丁目まである広い町だった。何か目安でもなければ、探すのは難しい。

「ともかく、今日のところは、八丁堀にもどるか」

隼人が、男たちに目をやって言った。

七

御用聞きの市造が、何者かに殺された三日後、隼人はひとり南町奉行所の同心詰所にいた。繁田屋に押し入った盗賊の探索が行き詰まったこともあって、隼人は奉行所に出仕したのだ。他の同心はそれぞれの任務に従い、詰所を出ていた。

同心詰所でいっときすると、横峰勝兵衛《よこみねかつべえ》が入ってきた。このときの南町奉行は、跡部能登守良弼《あとべのとのかみよしすけ》だった。横峰は跡部の内与力《うちよりき》である。内与力は、他の与力とちがって奉行の秘書のような立場で、奉行の家士のなかから選ばれる。そのため、他の与力のように、下手人の捕縛《ほばく》にかかわったり、捕らえた下手人の吟味に当たったりすることはない。横峰は隼人の姿を目にすると、ほっとしたような顔をし、

「長月どの、お久し振りでござる」

と、苦笑いを浮かべて言った。

「事件の探索に当たっていたため、出仕することができませんでした」

そう言って、隼人は横峰に頭を下げた。

「長月どの、お奉行がお呼びでござる」

横峰が、顔の笑いを消して言った。

今月は、南町奉行所の月番ではなかった。それで、跡部は屋敷内にいるらしい。月番のとき、奉行は登城しなければならず、今ごろは奉行所内にいないのだ。

「すぐに、伺います」

隼人が立ち上がった。

「お奉行は、屋敷内におられます。それがしと、ご同行いただきたい」

横峰は、同心詰所の戸口に足をむけた。

奉行の役宅は、奉行所の裏手にあった。役宅といっても独立した屋敷ではなく、奉行所とつづいている。

隼人は、横峰につづいて同心詰所を出た。

横峰は奉行所の裏手にある玄関から入り、奉行の住む役宅にむかった。

横峰は役宅に入ると、長い廊下をたどり、中庭に面した座敷に隼人を連れていった。この座敷は、跡部が与力や同心と会って話すときに使われる。隼人は、何度かその座敷で跡部と会っていた。

「しばし、お待ちくだされ」

横峰は、隼人が座敷に座るのを待って部屋から出ていった。

隼人が座敷でいっとき待つと、廊下を歩く足音がした。そして、足音がとまり、障子があいて跡部が姿を見せた。

「長月、待たせたか」

跡部はそう言って、隼人と対座した。

隼人が時宜の挨拶《あいさつ》を口にしようとすると、跡部は「挨拶はよい」と言って制し、

「両替屋に賊が入り、番頭を殺して大金を奪ったそうだな」

と、顔を厳しくして切り出した。

おそらく、跡部は横峰から事件のことを聞いたのだろう。市井で起こった事件のことを奉行の耳に入れるのも、内与力の仕事である。

「はい、同心たちが、探索に当たっております」

隼人は、自分のことを口にしなかった。隠密廻りは、奉行や与力の命を受けてから事件の探索に当たるのが筋だったので、奉行に自分が探索に当たっているとは言えなかったのである。

「賊のなかに、武士もいると聞いたが、まことか」

跡部が、念を押すように聞いた。

「そう聞いております」

「厄介な相手だな」

跡部が、顔をしかめた。

隼人は無言でうなずいた。

跡部は黙したまま虚空を睨むように見据えていたが、

「長月、事件の探索に当たれ」

と、語気を強くして言った。

「承知しました」

隼人は、跡部に頭を下げた。

「長月、賊のなかに武士がいるとなると、十手だけでは遅れをとろう」

跡部はそう言った後、

「手に余らば、斬ってもよいぞ」

と、言い添えた。

跡部は隼人が直心影流《じきしんかげりゅう》の遣い手であり、相手によっては刀を遣って斬殺することを知っていた。横峰が、跡部の耳に入れていたのだろう。

それで、跡部は、隼人を呼んで探索を命ずるおり、「手に余らば、斬ってもよい」と言い添えることがあったのだ。

「お奉行の御心遣い、終生忘れませぬ」

隼人は、深々と頭を下げた。

第二章　追跡

一

「菊太郎、今日は豆菊に行くぞ」

隼人は朝餉《あさげ》を食べ終えると、菊太郎に声をかけた。

「殺された市造のことで、聞き込みに行かないのですか」

菊太郎が訊《き》いた。

隼人と菊太郎は、市造が何者かに殺された後、下手人を突き止めるために、三日間、本町二丁目に出かけ、繁田屋の近くで聞き込みに当たったが、これといった手掛かりもなかった。

「別の筋から、繁田屋に押し入った賊を突き止めようと思ってな」

隼人は豆菊の板場にいる八吉に、賊のことを訊いてみようと思ったのだ。八吉が賊のことを知っていれば、利助に話しているはずなので、心当たりはないのだろう、とみていたが、八吉から賊を手繰《たぐ》るための手掛かりが得られるかもしれない。隼人は、探索に行き詰まっていたので、何か手掛かりが欲しかったのだ。

八吉は、隼人が若かったころから岡っ引きとして長い間、事件の探索に当たってきた。そのころ、八吉は鉤縄《かぎなわ》を巧みに遣うことから、鉤縄の八吉と呼ばれていた。

鉤縄は、特殊な捕物道具だった。細引《ほそびき》の先に、熊手のような鉄でできた鉤がついている。それを相手に投げ付けるのだ。

鉤が相手の着物に引っ掛かると、引き寄せて捕らえる。鉤縄は捕具《とりぐ》であるとともに、強力な武器でもあった。細引の先についている鉤が相手の頭や胸に当たれば、強い衝撃で失神したり、ときには、命を落とすことさえある。

隼人にとって、八吉は頼りになる岡っ引きだった。だが、八吉は歳《とし》を取り、無理のできない体になったため、岡っ引きから足を洗ったのである。

最近では、ときおり時間を見つけては、利助に鉤縄を仕込んでいるらしい。

隼人は、庭に面した座敷にもどり、八丁堀ふうの身装《みなり》に替えると、菊太郎が着替えるのを待って、戸口に出た。

隼人と菊太郎は、おたえに見送られて組屋敷を出ると、八丁堀の道筋をたどり、楓川沿いの道に出た。そして、日本橋を渡ると、中山道《なかせんどう》を北にむかった。神田鍛冶町《かじちょう》に入って間もなく、左手の道に足をむけた。その道は、豆菊のある紺屋町に通じている。

豆菊の店先に、暖簾《のれん》が出ていた。店をひらいているようだ。

隼人が、先に暖簾をくぐった。菊太郎は、後からついてきた。まだ、早いせいか、店内に客の姿はなかった。

奥の板場で、水を使う音がした。店の者が、洗い物でもしているらしい。

「八吉、いるか」

隼人が声をかけた。すると、水を使う音がやみ、板場から利助が顔を出した。利助の背後に、八吉の姿があった。

「長月の旦那と、菊太郎さんだ！」

利助が、声高《こわだか》に言った。

すると、八吉が利助の脇から顔を出し、

「旦那、お久し振りで」

と、目を細めて言った。

八吉は小柄だった。小太りで、猪首《いくび》、ギョロリとした目をしている。岡っ引きだったころは、その顔に凄《すご》みがあったが、いまは何となく愛嬌《あいきょう》がある。髪が真っ白で、額に横皺《よこじわ》が寄っているせいであろう。

店内に、綾次の姿がなかった。今日は来ていないようだ。

「綾次は、どうした」

隼人が訊いた。

「綾次は、このところ風邪《かぜ》ぎみで、店に来てねえんでさァ」

「そうか」

「旦那、今日は？」

八吉が訊いた。

「八吉に、訊きたいことがあってな」

隼人が、笑みを浮かべて言った。

「ともかく、小上がりに腰を下ろしてくだせえ」

八吉はそう言うと、板場に顔をむけ、「おとよ、長月の旦那と菊太郎さんが、お見えになった。茶を頼む」と声をかけた。すると、おとよが、店に出てきた。おとよは、八吉の女房である。

隼人と菊太郎は、小上がりに腰を下ろした。

「八吉。利助から、繁田屋に入った押し込みのことは、聞いているな」

隼人が、八吉に顔をむけて訊いた。

「聞いてやす」

八吉の顔から、笑みが消えた。その顔に、腕利きの岡っ引きだったころを思わせるような凄みがよぎったが、すぐに人のよさそうな好々爺《こうこうや》の表情にもどった。

「賊のなかに、武士がいたらしいのだ。それも、腕のたつ武士がな」

隼人が言った。

「そのことも、利助から聞きやした」

「そうか。……その武士は、牢人《ろうにん》ではないかもしれん」

隼人が、繁田屋を前もって探った武士がいたことを話した。

「牢人や渡世人ではねえようだし……。脱藩した江戸詰めの藩士か、郷士か。旗本か御家人の次男、三男ということもありやすぜ」

八吉が言った。

「そうだな。武士というだけでは、探しようもないな。武士の他に、三人いたらしいが、何者か分かっていない」

「何か手掛かりは、ねえんですかい」

八吉が、首を捻《ひね》った。

「手掛かりと言っていいかどうか分からんが、盗賊を探っていた市造という御用聞きが殺された。市造は、豊島町を探っていたらしい」

「豊島町ですかい」

そう言って、八吉は首を捻っていたが、

「思い当たることはねえ」

と、つぶやくような声で言った。

そのとき、おとよが板場から出てきた。湯飲みを載せた盆を手にしている。隼人たちに茶を淹《い》れてくれたらしい。

おとよは、五十代半ばだった。でっぷり太っている。髪に白髪が混じっているが、愛嬌のある顔をしていた。

「いらっしゃい」

おとよは、隼人と菊太郎に声をかけると、小上がりに腰を下ろしている隼人たちの脇に湯飲みを置いた。

おとよは、八吉と利助の脇にも湯飲みを置き、

「何かあったら、声をかけて」

と、八吉の耳元で言い、板場にもどった。その場にいると、男たちの話の邪魔になると思ったらしい。

二

「殺された市造は、豊島町を探っていたと聞きやしたが」

八吉が、湯飲みを手にしたまま隼人に訊いた。

「そうらしい」

隼人がうなずいた。

「豊島町で、あっしの知り合いが、飲屋をやってやしてね。そいつに、訊いてみやすか。弥三郎《やさぶろう》ってえやつだが、若《わけ》えころは、遊び人でしてね。豊島町界隈《かいわい》で、幅を利かせてたんでさァ」

八吉が、苦笑いを浮かべて言った。

「その飲屋は、豊島町のどの辺りにあるのだ」

隼人が訊いた。豊島町にある飲屋というだけでは、探しようがない。

「一丁目だが、あっしも、お供しやすよ」

八吉が行くと言い出したのは、綾次がいないこともあるのだろう。それに、久し振りで、隼人と一緒に事件の探索に当たりたいという思いもあるようだ。すると、

「あっしも、行きやす」

と、利助が身を乗り出して言った。

隼人、菊太郎、八吉、利助の四人は、茶を飲み干して腰を上げた。

店の戸口まで見送りに出たおよに、

「暗くなる前《めえ》に、帰《けえ》ってくるから、それまで店を頼む」

八吉が声をかけ、店先から離れた。

八吉の先導で、隼人たちは豆菊のある紺屋町を出ると、神田川沿いの柳原通りに入った。通りを東にむかっていっとき歩くと、右手に豊島町の町並がひろがっていた。

この辺りは、豊島町一丁目である。

「弥三郎の店は、そこのめし屋の脇を入った先にありや《へえ》す」

八吉が、通り沿いにあった一膳めし屋を指差して言った。

一膳めし屋の脇に、細い道があった。寂しい通りで、土地の住人らしい者が何人か歩いているだけである。

隼人たちは、一膳めし屋の脇の道に入った。八吉が先にたち、すこし足を速めた。

脇道に入って、二町ほど歩いたろうか。八吉が路傍に足をとめ、

「あれが、弥三郎の店でさァ」

そう言って、すこし離れた場所にあった飲屋らしい店を指差した。小体《こてい》な店だった。

店先に、縄暖簾が出ている。

八吉は飲屋の店先まで来ると、

「弥三郎がいるかどうか、見てきやす」

そう言って、店の腰高障子をあけてなかに入った。

待つまでもなく、八吉はすぐにもどってきて、

「弥三郎は、いやす。入《へえ》ってくだせえ」

そう言って、戸口にいた隼人たち三人を店内に招《しよう》じ入れた。

客の姿はなかった。狭い店で、土間に置いてある飯台のまわりに腰掛け代わりの空《あき》樽《だる》が置いてあるだけだった。ただ、土間の奥の障子がしめてあるので、そこに小座敷でもあるのかもしれない。

隼人たちが入っていくと、右手の奥の板戸があき、初老の男が出てきた。板場にでもいたらしく、濡《ぬ》れた手を手拭いで拭いている。

男は隼人たちの前で足をとめ、

「あっしが、弥三郎でさァ」

小声で言って、首をすくめるように頭を下げた。顔に、警戒するような色がある。

隼人が町奉行所の同心ふうの格好をしていたからだろう。

「こっちの旦那は、おれが若えころから世話になっていたお方でな。何を喋《しゃべ》っても、おめえに迷惑はかけねえから安心しな」

八吉が笑みを浮かべて言うと、弥三郎の顔が緩み、

「何でも、訊いてくだせえ」

と、言った。

「商売の邪魔をしねえように、すぐに済ませるぜ」

隼人は伝法な物言いをし、

「市造ってえ御用聞きが、この辺りを探っていたようだが、知ってるかい」

と、弥三郎に訊いた。

「名は聞いてねえが、御用聞きがこの辺りを探ってたことは知ってやす」

弥三郎の顔から笑みが消えた。

「市造は何を探ってたか、心当たりはあるか」

隼人は、弥三郎を見つめて訊いた。

「この店に来た客から耳にしたんですがね。岡っ引きは、安造のことを探っていたようですぜ」

弥三郎が、声をひそめて言った。

「安造という男は」

すぐに、隼人が訊いた。

「潜《もぐ》りの安造でさァ」

「潜りとは、どういうことだ」

隼人が訊くと、その場にいた八吉たちの目が、弥三郎に集まった。

「安造は盗人でね。盗みに入《へえ》ると、家の者が寝込むまで、床下に潜りこんでるんでさァ。それで、盗人仲間から、潜りの安造と呼ばれてたんで」

「潜りの安造な」

そう言って、隼人が口をつぐむと、

「旦那、殺された市造は、繁田屋に押し入った賊のなかに、安造もいたとみて、探っていたのかもしれやせん」

八吉が声高《こわだか》に言った。

「そうだな」

隼人も、市造は、安造が盗賊に加わっていたとみたのだろう、と思った。

次に口をひらく者がなく、その場が沈黙につつまれたとき、

「弥三郎、それ以外にも何か知らないのか」

隼人が、弥三郎に目をやって、さらに訊いた。

「噂《うわさ》は聞いてやす」

弥三郎が、小声で言った。

「知っていることを話してくれ」

隼人が、身を乗り出して言った。

三

「潜りの安造は、独り働きの盗人だと聞いていやす」

そう言って、弥三郎はその場にいた男たちに目をやった。

「安造の塒《ねぐら》は、豊島町にあるのか」

隼人が訊いた。

「あると、聞いた覚えがありやす」

「豊島町のどこだ」

隼人が、身を乗り出した。

「それが、豊島町のどこかは聞いてねえんで」

弥三郎が、首をすくめて言った。

「そうか。豊島町は広いからな。豊島町と分かっても、探すのは難しい」

隼人が肩を落とした。

すると、八吉が脇から口を挟んだ。

「弥三郎。安造のことで、ほかに何か知ってることはねえかい」

「そうだな……」

弥三郎は、虚空《こくう》に目をやって記憶を辿《たど》るような顔をしていたが、

「この店に来た遊び人が、安造を賭場《とば》で見掛けたことがあると言ってたな」

と、つぶやくような声で言った。

「その賭場は、どこにある」

八吉が、声高に訊いた。

「三丁目と聞いたが、どこにあるか知らねえ」

弥三郎が、首を捻りながら言った。

「三丁目か」

八吉が、つぶやいた。

隼人は弥吉と弥三郎のやりとりが途絶えると、

「弥三郎。安造が武士と歩いているのを目にしたことはないか」

と、声をあらためて訊いた。

「ありやす」

弥三郎が、隼人に目をやった。

「その武士が、何者か知っているか」

すぐに、隼人が訊いた。

「知りやせん。半月ほど前《めえ》、三丁目を通ったとき、安造が二本差しと歩いているのを目にしたんでさァ」

「牢人ふうだったか」

「それが、牢人ややくざ者には、見えなかったんで」

弥三郎によると、安造と一緒に歩いていた武士は、小袖《こそで》に袴《はかま》姿で、大小を帯びていたという。

「安造とその武士は、どんな話をしていたか分かるか」

さらに、隼人が訊いた。

「分からねえ。遠かったんで、声は聞こえなかったんでさァ」

「そうか」

隼人が、弥三郎のそばから身を引くと、

「おれも、訊きたいことがあります」

と、菊太郎が身を乗り出して言った。

「訊いてみろ」

隼人が言った。

「潜りの安造のことだが、近ごろ変わったことは聞いてないか。……料理屋に出かけるとか、金回りがよくなったとか」

菊太郎が、昂《たかぶ》った声で訊いた。

「そういえば……」

弥三郎はつぶやくような声で言って、いっとき、小首を傾《かし》げていたが、

「この店に来た遊び人が話してたんですがね。ちかごろ、安造は、賭場で大金を賭けるようになったと言ってやした」

と、菊太郎だけでなく、隼人にも目をやって言った。

「繁田屋から奪った金にちがいない」

菊太郎が、目をひからせて言った。

隼人は菊太郎と弥三郎のやりとりを目を細めて聞いていたが、

「賭場を探ると、何か出てきそうだな」

と、菊太郎に目をやって言った。

隼人が弥三郎に、

「手間をとらせたな」

と、声をかけて、店を出た。

隼人は、菊太郎、八吉、利助の三人が、弥三郎の飲屋から出るのを待ち、

「賭場を探すか。……繁田屋に押し入った賊のなかに、賭場に出入りしている者がいるようだ」

そう言って、飲屋の脇の道から表通りに出た。

「こっちでさァ」

八吉が先にたち、表通りを南にむかった。

しだいに、通りを行き来する人の姿が少なくなり、通り沿いに小体な仕舞屋《しもたや》や空地などが目につくようになった。

通りをいっとき歩いたとき、

「この辺りから、三丁目ですぜ」

八吉が言った。

「賭場は、ありそうもないな」

隼人は通り沿いに目をやったが、賭場になっていそうな建物はなかった。

「訊いた方が、早《はえ》え」

八吉が言い、通り沿いにある店に目をやった。

半町ほど先に、石屋があった。店の前で、褌《ふんどし》ひとつの男が槌《つち》や鑿《のみ》などを使って、墓碑や石塔などを造っている。

「あっしが、訊いてきやす」

そう言って、利助が小走りに石屋にむかった。

四

利助は石屋の店先で墓碑を造っていた男に近寄り、何やら話していたが、いっときすると踵《きびす》を返して、隼人たちの許《もと》に走ってきた。

「賭場のある場所が、知れやした」

利助が、息を弾ませて言った。

「近くか」

隼人が訊いた。

「へい、この道を二町ほど歩くと、道沿いに八百屋がありやす。その八百屋の脇の道を入《へえ》るとすぐ、板塀をめぐらせた家があり、そこが賭場だそうで」

利助は、そう言って先にたった。

利助は足早に二町ほど歩き、

「その八百屋ですぜ」

と言って、道沿いにあった八百屋を指差した。

店のなかの台の上に、大根や葱《ねぎ》などが並べられていた。店の親爺《おやじ》らしい男が、葱を手にした大年増《おおどしま》と話している。

利助は八百屋の前を通り過ぎると、店の脇の道に入った。隼人たちは、利助の後をついていく。

利助は二町ほど歩くと、路傍に足をとめた。そして、隼人たちが近付くのを待ち、

「そこに、板塀をめぐらせた家がありやす」

と言って、指差した。

見ると、通りから半町ほど入ったところに仕舞屋があった。家のまわりに、板塀がめぐらせてある。元は商家の旦那が、妾《めかけ》でも囲った家かもしれない。

仕舞屋の前は空地になっていて、雑草に覆われていた。通りから、仕舞屋の戸口まで小径《こみち》がつづいている。

「あれが、賭場か」

隼人が言った。

「賭場をひらくには、いいところですぜ」

八吉が、隼人に身を寄せて言った。

「そうだな」

隼人も、賭場にはいい場所だと思った。

人の行き来する通りからすこし離れているし、近所に店や仕舞屋もない。通りすがりの者は、妾でも囲っている家と思うだろう。

「賭場は、ひらいてないようだ」

菊太郎が言った。

「どうしやす」

利助が、隼人と八吉に目をやって訊いた。

「今日は、賭場をひらくような様子はないな」

隼人はそう言った後、

「せっかく、ここまで来たのだ。近所で聞き込んでみるか」

と、その場にいた男たちに目をやって言った。

隼人たち四人は、半刻（一時間）ほどしたら、今いる場所に戻ることにして分かれた。別々に、聞き込みにあたるのだ。

ひとりになった隼人は、近くに話を聞けるような店がなかったので、通りをすこし歩いてみた。

二町ほど歩いたろうか。通り沿いに搗米屋《つきごめや》があった。店の親爺らしい男が、唐臼《からうす》の脇で煙管《キセル》を手にして煙草《タバコ》を吸っていた。

隼人はこの御爺に訊いてみようと思い、店先に近付いた。

親爺は煙草を吸い終え、煙草盆に煙管を置いて唐臼のそばに来た。また、仕事を始める気らしい。

隼人は搗米屋の戸口に立ち、

「ちと、訊きたいことがある」

と、声を大きくして言った。小さい声だと、親爺の耳に入らないような気がしたのだ。親爺は振り返り、隼人を見て驚いたような顔をした。戸口に、八丁堀の同心と思われる男が立っていたからである。

親爺は首をすくめて、戸口まで出てくると、

「あっし、ですかい」

と、腰を低くして訊いた。

「そうだ。……ちと、訊きたいことがある」

隼人は、穏やかな声で言った。

「何です」

隼人の声を聞いて、親爺の表情がやわらいだ。

「この先に、賭場があるのを知っているか」

隼人が、賭場のある方を指差した。

親爺は戸惑うような顔をしたが、

「知ってやす」

と、首を縦にふった。

「表の戸がしまっているようだが、今日、賭場はひらかれないのか」

隼人が訊いた。

親爺は戸惑うような顔をしたが、

「そのようで」

と、小声で言った。

親爺によると、賭場がひらかれるときは、前の通りを遊び人や商家の旦那ふうの男などが通るので、それと知れるという。

「武士が来るときもあるか」

隼人が、声をあらためて訊いた。

「二本差しも、来やす」

「武士の身分や名は、知るまいな」

「知りやせん。遠くから、姿を目にすることがあるだけで、名も身分も分からねえ」

親爺が、はっきりと言った。

「牢人ふうか」

「羽織に小袖姿だったんで、牢人には見えなかったが……」

親爺は、語尾を濁した。牢人らしくない、とは、はっきり言えなかったのだろう。

「ところで、市造という御用聞きが、その賭場を探りに来たらしいのだが、姿を見掛けたことはあるか」

隼人は、市造の名を出して訊いてみた。

親爺は首を傾げて、記憶をたどっているようだったが、

「名は知りやせんが、御用聞きに賭場のことを訊かれたことがありやす」

と、隼人に顔をむけて言った。

「どんなことを訊かれた」

「賭場の貸元の名でさァ」

「それで、貸元の名は」

「権兵衛《ごんべえ》でさァ」

「権兵衛の塒《ねぐら》は」

「亀井町《かめいちよう》と聞いてやす」

親爺が小声で言った。亀井町は豊島町の南方に位置し、牢屋敷のある小伝馬町《こでんまちよう》の東方にひろがっている。

「亀井町のどの辺りか、分かるか」

隼人が訊いた。亀井町と分かっただけでは、探すのが難しい。

「あっしは、知りやせん」

すぐに、親爺が言った。

隼人は、これ以上親爺から訊くことはなかったので、「手間をとらせたな」と声をかけ、店先から離れた。

五

隼人が八吉たちと分かれた場にもどると、八吉と菊太郎は待っていたが、利助の姿はなかった。

いっときすると菊太郎が、

「利助が来ました！」

と、通りの先を指差して言った。

見ると、こちらに向かって走ってくる利助の姿があった。

隼人は利助がそばに来て、荒い息がおさまるのを待ってから、

「おれから話す」

と言って、搗米屋の親爺から聞いたことを一通り話した。

「あっしも、賭場のことを聞きやした」

八吉が言った。

「話してくれ」

「賭場を探りに来た御用聞きは、市造でさァ」

八吉が、市造の名を聞いたことを口にした後、

「市造は、賭場に来る二本差しのことを探っていたようですぜ」

と、その場にいる男たちに目をやって言った。

「それで、市造は、二本差しの名を口にしたのか」

隼人が訊いた。

「名は口にしなかったようで。市造も、二本差しの名は、知らなかったようでさァ」

八吉が言うと、遅れてきた利助が、

「市造は、剣術の道場のことを訊いていたようです」

と、脇から身を乗り出して言った。

「剣術の道場だと。どういうことだ」

すぐに、隼人が訊いた。

「あっしにも、分からねえ。賊のなかにいた武士が、剣術の道場とかかわりがあったのかもしれねえ」

利助が、首を捻りながら言った。

「うむ……」

隼人はいっとき間《ま》を置いてから、

「菊太郎、何か知れたか」

と、菊太郎に目をやって訊いた。

「おれは、遊び人ふうの男に、賭場がいつひらかれるのか訊きました」

菊太郎が言った。

「いつだ」

「その男は、明日、ひらくようだと言ってました。貸元は御用聞きが賭場を探っているのを知って賭場をとじていたが、その御用聞きが死んだので、またひらくようです」

「明日か」

隼人が、明日出直そう、と八吉に話すと、

「明日、賭場に出入りする者から話を聞けば、市造が探っていた二本差しのことが知れるような気がしやす」

八吉が言って、明日も豊島町に来ることにした。

翌朝、隼人は朝餉が済むと、八丁堀の同心ふうではなく、羽織袴姿に着替え、大小を腰に差した。どこでも見掛ける、武士の身装《みなり》である。

八丁堀ふうの身仕度だとすぐにそれと知れるし、聞き込みにあたっても、相手が意識して口をひらかないことがあるからだ。

菊太郎も小袖と袴姿に着替え、隼人と同じように大小を腰に差した。御家人か旗本の子弟に見える。

隼人と菊太郎は八丁堀を出ると、昨日と同じように豆菊に立ち寄った。豆菊をしめたままでは申し訳ないので、隼人は利助だけ同行させようと思ったが、八吉は「あっしも行きやすよ」と、当然のことのように言った。

隼人たち四人は、昨日と同様、賭場のある豊島町の三丁目に行ってみた。そして、道沿いにある八百屋の脇の道に入った。

いっとき歩くと、前方に板塀を巡らせた仕舞屋が見えてきた。その仕舞屋が、賭場である。

仕舞屋の近くに、人の姿はなかった。家から、人声も物音も聞こえてこない。

「だれも、いないようですぜ」

利助が、仕舞屋に目をやりながら言った。

「まだ、早い。賭場がひらくのは、陽《ひ》が西の空にまわってからだろう」

隼人が言った。

「どうしやす」

利助が訊いた。

「せっかく、豊島町まで来たのだ。近所で聞き込んでみよう。市造が探っていた武士と剣術道場のことが知りたい。それとなく、訊いてみてくれ」

隼人は、一刻（二時間）ほどしたら、この場にもどることを言い添えた。隼人は、遅くなるが、みんなが顔を揃《そろ》えたとき、一緒に昼飯を食おうと思ったのだ。

「承知しやした」

利助が言い、隼人たちはその場で分かれた。

ひとりになった隼人は、その場に立ったまま辺りに目をやった。賭場の近くの住人に訊いてみようと思ったのだ。

道沿いをあらためて見ると、通りの先に小体な豆腐屋がある。近付くと店の親爺が豆を石臼《いしうす》でひいていた。店の奥では、初老の女が箸《はし》を手にして、鍋を覗《のぞ》いている。油揚を揚げているらしい。

隼人は店に入り、

「ちと、訊きたいことがあるのだが、仕事は、そのままつづけてくれ」

と、親爺に声をかけた。

「へい」

親爺は首をすくめるように頭を下げ、そのまま石臼を動かしつづけた。

「そこに、賭場があるな」

隼人が訊いた。

「ありやす」

親爺は、臼に目をやったまま言った。

「賭場は、何時《なんどき》ごろひらくのだ」

「……」

親爺は戸惑うような顔をして石臼を動かしていたが、

「陽が沈む前でさァ」

と、小声で言った。

「貸元は、賭場に来るのか」

「来るには来るが、すぐに帰《けえ》るそうですぜ」

「おれのような武士も賭場に来る、と聞いたのだがな」

隼人が、声を低くして訊いた。

「二本差しも、来ると聞きやしたよ」

「ひとりか」

「何人来るかは、分からねえ」

「そうか」

隼人は、「手間をとらせたな」と親爺に声をかけ、豆腐屋を出た。

それから、隼人は道沿いにあった別の店にも立ち寄って話を聞いたが、新たなことは分からなかった。

隼人は、仕舞屋の近くにもどった。すでに、八吉、菊太郎、利助の三人の姿があった。隼人を待っていたらしい。

六

「どうだ、めしでも食いながら話すか」

隼人はそう言って、来た道を引き返した。

隼人たちはしばらく歩き、道沿いに蕎麦屋《そばや》があるのを目にとめた。

「蕎麦でも、食うか」

隼人はそう言って、蕎麦屋の暖簾をくぐった。

八吉たちも、店に入ってきた。そして、土間にあった飯台を前にし、腰掛け代わりの空樽に腰を下ろした。

隼人たちは、注文を訊きに来た小女に、蕎麦だけ頼んだ。今から、酒を飲むわけには、いかなかったのだ。

注文した蕎麦がとどき、いっとき蕎麦を手繰ってから、

「おれから話そう」

と隼人が言い、豆腐屋で聞いたことを一通り話してから、

「どうだ、何か知れたか」

と、八吉たち三人に目をやって訊いた。

「賭場に来る武士だが、ふたりのことが多いと聞きやした」

八吉が言うと、

「あっしも、武士はふたりで来ると耳にしやした」

利助が、手にした箸をとめて言った。

「牢人体《てい》か」

隼人が訊いた。

「ふたりとも、小袖に袴姿で、大小を帯びてたそうですぜ」

「牢人には、見えないな。御家人か、小禄《しょうろく》の旗本の子弟。そうでなければ、江戸詰めの藩士といった感じではないか」

隼人は、ふたりとも無頼《ぶらい》牢人ではない、と思った。

「菊太郎、賭場に来る武士のことで、何か耳にしたか」

隼人が菊太郎に目をやって訊いた。

「通りかかった職人ふうの男に訊いたのですが、これといったことは……」

菊太郎は、そう言った後、

「賭場に来る武士は、町人と一緒のこともあると聞いただけです」

と、小声で言い添えた。

「その町人だが、職人ふうか」

「いえ、そのときによって、相手が違うようです。……遊び人ふうの男のときもあるし、羽織袴姿で商家の旦那ふうの男と話しながら来ることもあるそうです」

「賭場の客と、途中で顔を合わせ、一緒に来たのかもしれんな」

隼人は口を閉じ、残りの蕎麦を手繰った。

菊太郎、八吉、利助の三人も、残った蕎麦を急いで食べた。

隼人たちは蕎麦を食べ終え、茶で喉を潤してから店を出た。

「そろそろ、賭場を見張りやすか」

歩きながら、八吉が言った。

「気の早い客は、姿を見せるころかもしれぬ」

隼人たちは、足を速めた。

前方に仕舞屋が見えてきたところで、

「どこか、身を隠して、賭場を見張りたいが」

そう言って、周囲に目をやった。

「そこの椿《つばき》の陰は、どうです」

八吉が、路傍で枝葉を茂らせている椿を指差して言った。

「いいな」

隼人は、先にたってそこにむかった。

椿の樹陰にまわると、通りからは見えないが、空地のなかにある仕舞屋を見ることはできた。菊太郎たち三人も、椿の陰に身を隠した。

陽は、西の空にまわっていた。七ツ（午後四時）を過ぎているようだ。

「そろそろ、賭場の客が姿を見せるころだな」

隼人が言った。

「だ、旦那！　賭場からだれか出てきた」

利助が、昂った声で言った。

見ると、仕舞屋の戸口からふたりの男が出てきた。遊び人ふうである。ふたりは、戸口のまわりや通りなどに目をやっている。

「あのふたり、下足番かもしれねえ」

利助が言った。

「先に来て、賭場をひらく準備をしているのではないか」

ふたりは、権兵衛の子分だろう、と隼人は思った。

「そろそろ、賭場の客が来るころですぜ」

八吉が言った。

それから、いっときし、仕舞屋の前の通りに、ひとり、ふたりと男の姿が見えた。職人ふうの男、遊び人、商家の旦那ふうの男、それに牢人体の男の姿もあった。いずれも、賭場の客らしい。

男たちは、仕舞屋の前に広がる空地まで来ると、小径をたどり、仕舞屋の戸口から中に入っていく。

「武士が来ます！」

菊太郎が、声を殺して言った。

通りの先に目をやると、羽織に小袖姿で二刀を帯びた武士がふたり、賭場の方へ歩いてくる。ひとりは長身だった。もうひとりは、中背である。ふたりのそばに、商家の旦那ふうの男と、遊び人ふうの男がふたりいた。

ふたりの武士が近付くと、菊太郎が樹陰から飛び出そうとした。

「待て！」

隼人が、菊太郎の肩を摑《つか》んでとめた。

隼人はふたりの武士の身辺に隙《すき》がないのを見て、ふたりとも遣い手とみた。ここで、飛び出して、ふたりの武士とやりあったら、近くにいる遊び人ふうの男も武士に味方するはずだ。ふたりの武士を捕らえるどころか、返り討ちに遭う。

ふたりの武士とそばにいた男たちが、仕舞屋に入った。それから、ひとりふたりと賭場の客らしい男が、仕舞屋に入っていった。

「貸元らしい男が、来やす」

八吉が、通りの先を指差して言った。

見ると、数人の男の姿があった。真ん中にいるのが貸元の権兵衛であろう。黒羽織に小袖姿の恰幅《かっぷく》のいい男が歩いてくる。その男を取り囲むように、五人の男がついてきた。賭場で博奕《ばくち》が始まると、親分の代わりをする中盆《なかぼん》と壺振《つぼふ》り。それに、用心棒であろうか、牢人体の武士がひとり。兄貴格の子分が、ふたりである。

七

隼人たちが、樹陰に身を隠して半刻（一時間）ほど経《た》ったろうか。陽が家並の向こうに沈み、樹陰は淡い夕闇につつまれていた。

賭場で博奕が始まったらしく、仕舞屋から出てくる者はいなかった。

「どうしやす」

八吉が、隼人に訊いた。

「賭場に踏み込むわけにはいかないな」

隼人が言った。賭場に踏み込んで、子分たちとやりあえば、すこし前に賭場に入った武士をはじめ、権兵衛の用心棒たちに取り囲まれて、返り討ちに遭うだろう。

「しばらく待とう。賭場を出てくる者がいたら、様子を訊いてみる」

隼人は、賭場に入ったふたりの武士のことが、知りたかった。繁田屋に押し入った盗賊かもしれない。

それからしばらくすると、辺りは夜陰に包まれ、仕舞屋から洩《も》れる灯がくっきりと見えるようになった。

「出てきた！」

利助が言った。

見ると、仕舞屋の戸口からふたりの男が出てきた。職人ふうの男である。ふたりにつづいて、遊び人ふうの男がふたり姿を見せた。仕舞屋の戸口で、賭場の客を迎えた男である。下足番らしい。

職人ふうのふたりは下足番に見送られ、空地の小径をたどって通りに出てきた。そして、隼人たちのいる方に近付いてくる。

ふたりはなにやら話しながら、隼人たちの前を通り過ぎた。ふたりの姿が、隼人たちから離れたとき、

「おれが、賭場の様子を訊いてくる」

隼人が言い、樹陰から通りに出た。

隼人は小走りにふたりの男に近付き、

「しばし、しばし」

と、後ろから声をかけた。

ふたりの男は、ギョッとしたようにその場に立ち竦《すく》んだ。隼人を辻斬《つじぎ》りか物盗《ものと》りとでも、思ったのだろう。

「そう、怖がるな。話を聞くだけだ」

隼人が、苦笑いを浮かべて言った。

すると、ふたりの男の顔から恐怖の色が消えた。隼人のことを、悪い男ではないと思ったらしい。

隼人はふたりの男の脇に身を寄せ、

「歩きながらでいい」

と言って、ゆっくりと歩きだした。ふたりの男は、何も言わずについてくる。

「おれも、コレが好きでな」

隼人はそう言って、壺を振る真似《まね》をして見せた。

「あっしも、好きですがね。今夜のように目が出ねえと、来たくても来られなくなっちまう」

年上と思われる男が、渋い顔をして言った。

「ふたりに、訊きたいことがあるのだがな」

隼人が、声をあらためて言った。

「何です」

年上の男が、訊いた。

「賭場に入るふたりの武士を見掛けたのだがな。ふたりとも、どこかで会ったことがあるのだが、名を思い出せぬ」

　隼人が、もっともらしく言った。

「柳瀬さまと、木島さまでさァ」

　すぐに、年上の男がふたりの名を口にし、長身の方が、柳瀬さまだと言い添えた。

「そうだ。柳瀬と木島だ」

　隼人はそう言った後、

「ふたりは、よく賭場に来るのか」

　と、声をひそめて訊いた。柳瀬と木島が何者なのか探ろうとしたのだ。

「よく、見掛けやすよ」

　年上の男が言った。

「それにしても、よく金がつづくな。ふたりとも、それほど高禄を食《は》んでいるわけではないはずだがな」

　隼人は、柳瀬と木島の身元をはっきり摑んでいたわけではなかったが、そう口にしたのである。

「ふたりとも、急に金回りがよくなったらしく、賭場では大金を賭けてますよ」

　年上の男が言うと、もうひとりの小太りの男が、

「なんでも、剣術の道場を建て直すと聞きました」

と、口を挟んだ。

「道場を建て直すだと！」

思わず、隼人は声を上げた。道場を建て直すために、繁田屋に押し入って大金を奪ったのではあるまいか。

ふたりの男は、驚いたような顔をして隼人を見たが、

「ふたりのうちのどちらかが、道場をひらいていたと聞きましたよ。その道場が古くなり、だいぶ傷んだので、建て直すようでさァ」

と、年上の男が、言った。

「……………！」

隼人は胸の内で、「市造が、探っていたのは、これか！」と思った。市造は殺される前、剣術道場を探っていたのだ。

隼人は、ふたりの武士のうちどちらかが、道場主らしい、とみた。

「剣術の遣い手らしいですよ」

年上の男が、小声で言い添えた。

「その道場は、どこにあるか知っているか」

隼人が訊いた。

「今の道場は、小伝馬町にあると聞きました」

年上の男が言った。

「小伝馬町か」

隼人は、賭場の貸元である権兵衛の塒《ねぐら》が、亀井町にあると聞いていた。小伝馬町は亀井町に隣り合っている。隼人は胸の内で、

「……柳瀬と木島が、権兵衛の賭場に来るようになったのは、隣町に塒があったからかもしれない」

と、つぶやいた。

「今夜は、賭場に寄らずに帰るか」

隼人はそう言って、足をとめた。これ以上、ふたりの男から聞くことはなかったのだ。男たちは、ちいさく頭を下げただけで何も言わず、隼人から足早に遠ざかった。

八

隼人は、すぐに菊太郎たちのいる樹陰にもどった。

「何か、知れやしたか」

八吉が訊いた。

「知れた」

隼人はそう言った後、賭場に入ったふたりの武士の名が、柳瀬と木島であることを口にし、ふたりが剣術の道場を建て直すつもりでいることを話した。

「そんな金が、どこに――」

利助が言いかけ、

「繁田屋で奪った金か！」

と、声高に言った。

そばにいた八吉と菊太郎が、顔を厳しくしてうなずいた。

「柳瀬と木島は、繁田屋に押し入った賊のなかにいたとみていいな」

隼人が、念を押すように言った。

「それで、柳瀬と木島の塒は知れやしたか」

八吉が訊いた。

「いや。だが小伝馬町に、剣術の道場があるそうだ。ただ、塒かどうかは……」

隼人は、語尾を濁した。柳瀬たちの塒が、小伝馬町にある道場かどうかもはっきりしないのだ。

「これから、小伝馬町に行ってみやすか」

利助が、意気込んで言った。

「今日はもう遅い。明日だな」

隼人が言った。

すでに、辺りは夜陰につつまれていた。これから、小伝馬町に行っても、道場を探ることはできないだろう。

隼人たちは、その場を離れ、まず紺屋町にある豆菊にむかった。そして、隼人と菊太郎は豆菊の近くで八吉たちと別れ、八丁堀に足をむけた。紺屋町から八丁堀まで、かなりあるので、組屋敷に着くのは夜更けになるだろう。

翌日、隼人と菊太郎は、四ツ（午前十時）ちかくになってから、八丁堀の組屋敷を出た。昨夜、ふたりとも帰りが遅かったので、陽が高くなってから目を覚ました。それで、遅くなったのである。

「おまえさん、今日も遅いの」

おたえが、心配そうな顔をして訊いた。

「遅くならないようにするが、行き先が遠いのでな」

隼人は、小伝馬町まで行くことを話し、

「おたえ、先に寝ていいぞ」

と、言い添えた。

「わたし、起きてます」

おたえは、そう言い、いつものように戸口まで出て、隼人と菊太郎を見送った。

隼人と菊太郎は豆菊に立ち寄り、八吉と利助を連れて店を出た。柳瀬と木島の塒かもしれない剣術道場を突き止め、ふたりが道場に住んでいるかどうか確かめるのだ。そして、機会があれば、ふたりを捕らえてもいいと思っていた。

隼人たちは豆菊を出ると、いっとき南にむかって歩いてから、東西につづく表通りに入った。その道を東に向かえば、小伝馬町に出られるはずだ。

隼人たちは小伝馬町に入ったところで、路傍に足をとめた。

「剣術道場はどこにあるか、訊いてみるか」

隼人が言った。

「この辺の住人なら、知っているはずですぜ」

八吉は通り沿いの店に目をやり、「そこの下駄屋《げたや》で、訊いてきやす」と言い残し、その場を離れた。

八吉は下駄屋の店先にいた親爺と何やら話していたが、すぐに隼人たちのいる場にもどってきた。

「剣術道場は、知れたか」

隼人が訊いた。

「それが、親爺は、剣術道場など近くにない、と言うんでさァ」

八吉が渋い顔をした。

「下駄屋の親爺は、剣術道場に縁がないだろうからな。武士なら、知っているのではないか」

隼人が言い、その場を離れた。

それから、隼人たちはいっとき歩き、通りの先に若侍がふたりいるのを目にとめた。

ふたりは、こちらに歩いてくる。

「おれが、訊いてくる」

隼人は、足早にふたりの若侍に近付いた。

若侍たちは、驚いたような顔をして足をとめた。見ず知らずの武士が、足早に近付いてきたからだろう。

隼人はふたりの若侍のそばに行き、

「すまん。ちと、訊きたいことがあるのだ。ふたりなら、知っていると思ってな」

と、笑みを浮かべて言った。

「何ですか」

年上と思われる若侍が、表情を和らげて訊いた。隼人の笑みを見て、悪い男ではないと思ったようだ。

「この近くに剣術道場があると聞いてまいったのだが、どこにあるか分からんのだ」

「剣術道場ですか。……確か、この先にあるはずですが」

年上の若侍がそう言った後、脇に立っている年少の若侍に目をやった。

「剣術道場なら、この先ですよ」

年少の若侍が、来た方向を指差して言った。

若侍によると、この道を二町ほど行くと、左手に一膳めし屋があり、その脇の道をいっとき歩くと、剣術の道場があるという。

「ただ、道場はしまってますよ。何年か前に、門をしめたと聞いています」

若侍が言った。

「ともかく、行ってみよう」

隼人はふたりの若侍に礼を言い、八吉たちのいる場にもどった。

第三章　剣術道場

一

「あれが、道場ですよ！」

利助が指差して声を上げた。

そこは、小伝馬町の表通りから脇道に入ったところだった。道沿いに、道場らしい建物がある。

「だいぶ、傷んでいるな」

隼人が言った。

剣術の道場らしく建物の脇は板壁になっていて、武者窓《むしゃまど》がついていた。その板壁が、所々剝《は》げて、板が垂れ下がっている。

通りに面した出入り口の庇《ひさし》が、半分なかった。朽ちて、落ちたのだろう。

「だれも、いないようだ」

八吉が言った。

道場から、物音も人声も聞こえなかった。静寂につつまれている。

「道場主も門弟も、いないらしい」

隼人がつぶやいた。

「どうしやす」

八吉が訊《き》いた。

「せっかく来たのだ。近所で、聞き込んでみるか。道場主がだれか、確かめたい。それに、いま道場主はどこにいるのか、知りたいのだ」

隼人が、八吉、利助、菊太郎の三人に目をやって言った。

「半刻（一時間）ほどしたら、この場にもどることにしやすか」

八吉が言った。

「そうしよう」

隼人が言い、四人はその場で分かれた。

ひとりになった隼人は、まず道場の前まで行ってみた。やはり、道場はひどく荒れていた。何年もの間、人が出入りしていないようだ。

隼人は道場の前を通り過ぎ、立ち寄って話の聞けそうな店はないか探した。

通り沿いには、八百屋や下駄屋《げたや》などの小体《こてい》な店が多かった。行き交う人の姿はすくなく、空地や仕舞屋《しもたや》なども目についた。

隼人は、こちらに歩いてくる老齢の武士を目にとめた。牢人《ろうにん》らしい。刀を差していたが、腰がすこしまがっている。

隼人は路傍に身を寄せ、武士が近付くのを待ち、

「ちと、お訊きしたいことがござる」

と、声をかけた。

「そ、それがしのことかな」

武士が、声をつまらせて言った。

「そうです」

「何を訊きたいのかな」

「この近くに、お住まいでござるか」

隼人が訊いた。

「この先じゃが」

武士は、来た道を振り返って指差した。

「そこにあるのは、剣術の道場でござるか」

隼人が、道場に目をやって訊いた。

「そうじゃが、何年も前に門をしめたままじゃ」

「道場主の名は、ご存じか」

隼人は、念のために訊いてみた。

「たしか、柳瀬平九郎《へいくろう》どのだったな。……馬庭念流《まにわねんりゅう》の遣い手と聞いておるぞ」

「馬庭念流ですか！　それで、これから修理するのでござるか」

隼人が、身を乗り出して訊いた。

馬庭念流は、上州《じょうしゅう》馬庭の地の樋口《ひぐち》家に伝わり、構えや太刀《たち》捌《さば》きなどは独特のものだった。

「見たとおり相当古いのでな。親の代からあった道場なのだ。平九郎どのが跡を継いだのだが、だいぶ中も傷んでいてな。相当手を入れねばならんだろう」

武士は、道場に手をむけて言った。

おそらく柳瀬の父親は上州で馬庭念流を身につけ、江戸に出て、道場をひらいたのであろう。それを柳瀬が引き継いだにちがいない。

隼人が黙ったまま道場に目をやると、

「近いうちに、道場を建て直すと聞いているが、建て直すには相当な金がいるからな」

　武士が言った。

　隼人は、胸の内で、

……やはり、奪った金は、道場を改築するのに使われるのではあるまいか。

と呟《つぶや》いた。

「あそこを修繕して道場をやるのは、むずかしいのではないかな。いくらなんでもあれでは建て直すしかないように思うが」

　武士が首を傾《かし》げた。

「道場主となる柳瀬どのは、どこにおられるのです」

と、隼人が声高《こわだか》に訊いた。

　武士は隼人に目をやり、

「道場の裏手に、母屋がある。そこに、住んでいるはずじゃが、どうかな。母屋も古くなったはずじゃからな」

　そう言って、歩きだした。

　隼人は、武士が遠ざかると、道場の脇から裏手にむかった。母屋に、だれか住んでいるか、確かめようと思ったのだ。

隼人は足音を忍ばせて、道場の裏手まで来た。母屋の前が、狭い庭になっていた。つつじ、紅葉《もみじ》、梅などが植えてあったが、長い間、植木屋の手が入らないとみえ、地面は雑草で覆われ、庭木は枝葉が生い繁《しげ》ってぼさぼさだった。

母屋の出入り口の板戸は、しめてあった。家から、物音も話し声も聞こえなかった。人のいる気配もない。

それでも念のため、隼人は戸口に近付いてみた。やはり、家のなかに人はいないようだった。

隼人は家の周囲に目をやり、人影がないのを確かめてから、来た道を引き返した。

隼人が菊太郎たちと分かれた場所にもどると、菊太郎は待っていたが、八吉と利助の姿はなかった。

二

「八吉たちは、まだか」

隼人がそう言って、通りの先に目をやると、遠方に八吉と利助の姿が見えた。ふたりは、小走りに近付いてくる。

隼人は八吉と利助が近付くのを待ち、

「おれから話すか」

と言って、老齢の武士から聞いたことを掻《か》い摘《つ》まんで話した。道場の流派が、馬庭念流であることも言い添えた。

「馬庭念流ですか！」

菊太郎が声高に言った。

「あっしも、剣術道場のことは、聞きました」

利助が言った。流派のことは、あまり気にしないようだった。

すると、脇にいた八吉が、

「繁田屋から大金を奪ったのは、柳瀬にここを直すか新たに建てるかして道場をひらこうって気持ちがあったからではないかな」

と、言い添えた。

「そうみていいな」

隼人も、柳瀬には道場を改築するか建て直すかして道場をひらきたい気があり、そのための大金を手にするために、仲間と一緒に繁田屋に押し入ったのではないかとみた。まだ、確証はないが、間違いないような気がした。

利助がまた口をひらいて、

「柳瀬は、道場の裏手にある母屋に住んでいると聞きやした」

と、言った。

「そうかもしれぬ。おれが聞いた武士も、母屋に住んでいるはずだと言っていたからな。だが、今見てきたら、だれもいないようだった。しかも、庭木も伸び放題だったが……」

隼人は、語尾を濁した。長い間、留守にしているのか、はっきりしなかったからだ。

隼人につづいて菊太郎が、

「おれも、近いうちに道場を改築すると聞きやした」

と、身を乗り出して言った。

「近所に住む男から、木島稲之助《とうのすけ》という武士のことを耳にしました」

菊太郎が続けて言った。

「話してみろ」

隼人が身を乗り出した。

「まだ、柳瀬が道場をひらいていたころ、木島は師範代として道場で剣術を教えていたようです」

「それじゃあ木島も、賊のひとりということか」

「はい」

「そう言えば、賊は四、五人で、そのなかに武士がふたりいたと聞いたな」

隼人も、木島が、柳瀬とともに賊にくわわっているとみた。

次に口をひらく者がなく、その場が沈黙につつまれたとき、

「しかし、柳瀬と木島は、いまはどこに身を隠しているのであろう」

隼人が、その場にいる男たちに目をやって言った。

「おれは、木島のことで、他に耳にしたことがあります」

菊太郎が、それに応えて言った。

「よし、話してみろ」

隼人が言った。

その場にいた八吉と利助が、菊太郎に目をむけた。

「木島には情婦《いろ》がいて、千鳥橋《ちどりばし》の近くの橘町《たちばなちよう》で、小料理屋の女将《おかみ》をやっていると、聞きました。木島は、そこに身を潜めているのではないでしょうか」

菊太郎が言った。

「まだ、八丁堀に帰るのは早いな。どうだ、橘町まで足を延ばすか。今日は、小料理屋をつきとめるだけでもいい」

千鳥橋は、浜町堀にかかる橋だった。小伝馬町から南にむかえば、浜町堀はすぐだった。千鳥橋も遠くない。

「小料理屋の店の名は、分かるのか」

隼人が訊いた。

「それは、分からないのです。おれが聞いた男も、店の名は知らないと言っていました」

「行けば、分かるだろう。千鳥橋の近くに、小料理屋が何軒もあるとは思えないからな」

隼人が言い、四人で、千鳥橋にむかうことになった。

「こっちでさァ」

利助が先にたった。千鳥橋へむかう道筋が、分かっているようだ。

小伝馬町からいっとき南にむかって歩くと、浜町堀沿いの通りに出た。その通りを、さらに南にむかった。すこし歩くと、前方に緑橋が迫ってきた。その先の汐見橋《しおみばし》も見える。

隼人たちが、汐見橋のたもとを過ぎると、

「あれが、千鳥橋ですぜ」

利助が、前方を指差して言った。

橋上を行き来している人の姿が、ちいさく見える。人通りは、少なくないようだ。

隼人たちが千鳥橋のたもとまで来ると、橋を渡って橘町に入ってから堀の岸際で足をとめた。岸際でないと、橋のたもとを行き来する人の邪魔になるのだ。

「どうだ。この場で分かれないか。四人もで訊きまわると、人目を引く。それに、小料理屋は、橋のたもと近くにあるらしい。……小半刻（三十分）ほどしたら、小料理屋のある場所が分からなくても、この場にもどることにしたら」

隼人が言うと、その場にいた三人がうなずいた。

ひとりになった隼人は、千鳥橋のたもとを離れると、堀沿いの道をさらに南にむかって歩いた。

道沿いには、蕎麦屋《そばや》、一膳めし屋などの飲み食いできる店はあったが、小料理屋は目にとまらなかった。

いっとき歩くと、しだいに飲食店がすくなくなり、八百屋や米屋など暮らしに必要な物を売る店が目立つようになった。

……小料理屋は、ないな。

隼人は胸の内でつぶやき、踵《きびす》を返した。

千鳥橋のたもとにもどると、八吉の姿があった。八吉も、小料理屋は見つからなかったらしく、渋い顔をしていた。

隼人がその場にもどっていっときすると、利助と菊太郎が、橋のたもと近くにあった蕎麦屋の脇から出てきた。そこに、路地があるらしい。

ふたりは、隼人たちのそばに来るなり、

「小料理屋が、ありやした！」

と、利助が声高に言った。

「あったか」

隼人も声を上げた。

「蕎麦屋の脇の道を行くとすぐです」

菊太郎が言った。どうやら、菊太郎と利助は同じ路地に入り、小料理屋を見つけたらしい。

「ここから近いのか」

隼人が訊いた。

「近くでさァ。行ってみやすか」

利助はその気になり、蕎麦屋の方に足をむけた。

菊太郎、隼人、八吉の三人が、利助の後につづいた。

利助たちは、蕎麦屋の脇道に入った。そこは細い道だったが、道沿いに蕎麦屋、飲屋、一膳めし屋などの飲み食いできる店が目についた。行き交っているのは、橋のたもとから流れてきた人が多いようだ。

利助は脇道に入ってすこし歩くと、路傍に足をとめ、

「その店で」

と、小声で言い、斜向《はすむ》かいにある小体な店を指差した。

小料理屋らしい。入り口が格子戸になっていた。脇に、「御料理　桔梗屋《ききようや》」と書かれた掛看板があった。小料理屋の店名は、桔梗屋らしい。

三

隼人、菊太郎、八吉、利助の四人は、桔梗屋から少し離れた路傍に立った。店内から、かすかに嬌声《きようせい》と男の濁声《だみごえ》が聞こえた。客がいるらしい。

「さて、どうするか」

隼人が、桔梗屋の店先に目をやって言った。

「近所で、聞き込んでみますか」

八吉が訊いた。

「それも手だが……」

隼人がつぶやいたとき、桔梗屋の格子戸がひらいた。

隼人たちの目が、桔梗屋の戸口に集まった。

店から出てきたのは、遊び人ふうの男だった。小袖《こそで》を裾高《すそだか》に尻《しり》っ端折《ぱしょ》りしている。

男につづいて、年増《としま》が姿を見せた。店の女将《おかみ》らしい。

遊び人ふうの男は、年増と何やら小声で話していたが、「女将、また来らァ」と声をかけ、店先から離れた。

女将は男が遠ざかると、店の中に戻っていった。

「ここはあっしが訊いてきやす」

利助が言い、遊び人ふうの男の後を追った。

男は、千鳥橋の方へ歩いていく。

利助は桔梗屋から半町ほど離れたところで、男に追いつき、

「兄い、ちょいとすまねえ」

と、後ろから声をかけた。

男は足をとめて、振り返り、

「おれかい」

と、利助に目をやって訊いた。

「へい、訊きてえことが、ありやしてね。足をとめさせちゃァ申し訳ねえ。歩きながら、あっしの話を聞いてくだせえ」

利助が、首をすくめて言った。

「話してみねえ」

男が、歩きながら言った。口許《くちもと》に薄笑いが浮いている。利助が下手に出たので、気をよくしたらしい。

「兄いが、桔梗屋から出てきたのを目にしやしてね。店に、二本差しがいなかったか、訊きたかったんでさァ」

「いなかったぜ」

男はそう言った後、

「その二本差しは、木島の旦那のことかい」

と、上目遣いに利助を見て訊いた。

「そうでさァ。店に入《へえ》って、鉢合わせしたくねえもんで……」

利助は、また首をすくめた。

「いなかったよ」

男が、薄笑いを浮かべた。

「桔梗屋で、木島の旦那と鉢合わせしたことがありやしてね。ちょうど、女将を相手に飲んでたときなんで」

利助が、男に身を寄せて言った。

「女将に手を出すのは、やめといた方がいいな。命がいくつあっても足りねえ。それに、木島の旦那の仲間が、来ることもあるからな」

男の顔から、薄笑いが消えている。

「木島の旦那の仲間というと、二本差しですかい」

「二本差しも来るが、遊び人のようなやつらも来る。金は持ってるようだが、生業《なりわい》は分からねえ」

男はそう言った後、

「木島の旦那が、賭場《とば》で知り合ったらしいや。……ちかごろは、あまり姿を見掛けねえがな」

と、小声で言って、足を速めた。

「そいつの名を、知ってやすか」

利助も、足を速めて訊いた。

「知らねえよ。桔梗屋に行って、訊いてみな」

そう言って、男は足早に利助から離れた。見ず知らずの男と、話し過ぎたと思ったらしい。

利助は路傍に足をとめ、男が遠ざかるのを待ってから踵を返した。

利助は隼人たちのそばにもどると、男から聞いたことをひととおり話した後、

「桔梗屋には、木島の他にも繁田屋に押し入った盗人の仲間が来るようですぜ」

と、言い添えた。

「仲間の武士か」

隼人が訊いた。

「武士だけでなく、他の盗人仲間も来るらしい」

「桔梗屋は、盗人たちの集まる場所だったのか」

隼人が、昂《たかぶ》った声で言った。

「木島たちは、賭場で知り合ったようでさァ」

利助が言った。

「やはりそうか。権兵衛の賭場で知り合い、博奕《ばくち》の後、桔梗屋まで足を延ばし、一杯

やりながら繁田屋に押し入る相談をしたのかもしれん」

隼人が、つぶやくような声で言った。

次に口をひらく者がなく、四人の男は、黙ったまま顔を見合わせていたが、

「ただ、ちかごろは、木島たちも桔梗屋にあまり来ねえようで」

利助が小声で言った。

「ほとぼりが冷めるまで、集まらないようにしているのではないか」

隼人が言った。

「そうかもしれねえ」

「いずれにしろ、しばらく桔梗屋に目を配っていれば、繁田屋に押し入った盗賊たちが姿を見せる」

隼人が、その場にいる男たちに目をやって言った。

それから、隼人たちは半刻（一時間）ほど路傍に立って、桔梗屋を見はっていたが、女将も盗賊一味と思われる男も姿を見せなかった。

陽《ひ》は家並の向こうに沈み、桔梗屋も通り沿いの家並も淡い夕闇につつまれてきた。

「今日は、このまま引き揚げるか」

隼人が、その場にいる男たちに目をやって言った。

「明日、出直しやすか」

八吉が訊いた。

「そうだな。木島が姿をあらわせば、捕らえることもできるからな」

隼人は、盗賊のひとりでも捕縛《ほばく》すれば、自白させて仲間の居所も知ることができるとみた。

隼人たちは路傍から脇道に出て、千鳥橋のたもとにむかった。

隼人たちが桔梗屋から離れたときだった。桔梗屋の格子戸があいて、男がひとり出てきた。

男は隼人たちを目にし、

「あいつら、八丁堀かもしれねえ」

と、つぶやき、隼人たちの跡をつけ始めた。

隼人たちは脇道から、人通りの多い千鳥橋のたもとに出た。そして、橋を渡った。

隼人と菊太郎は渡った先のたもとで、八吉たちと別れた。

別れるとき、隼人が、

「おれたちは、このまま八丁堀へ帰る。明日、八ツ（午後二時）ごろ、千鳥橋のたもとで会おう」

と、八吉たちに声をかけた。

隼人と菊太郎は八丁堀に、八吉と利助は、紺屋町に帰るのである。

このとき、跡をつけてきた男は、隼人たちのすぐ近くにいて、隼人たちが話す声を耳にした。

……やっぱり八丁堀だ！

男はつぶやき、隼人たちの姿が遠ざかると、踵を返して桔梗屋にむかった。

四

その日は、曇天《どんてん》だった。

隼人と菊太郎は、八丁堀の組屋敷で昼近くまで過ごし、おたえに見送られて八丁堀を出た。ふたりは身装《みなり》を八丁堀ふうではなく、小袖に袴《はかま》姿に変えている。

隼人たちは、豆菊ではなく、直接浜町堀にかかる千鳥橋にむかった。

橋のたもとに、八吉と利助の姿があった。先に来て、隼人たちを待っていたらしい。

「桔梗屋に、行ってみるか」

隼人が言った。

「行きやしょう」

利助が、身を乗り出すようにして言った。

隼人たち四人は千鳥橋を渡り、橋たもと近くにある蕎麦屋の脇の道に入った。桔梗屋にいる者に気付かれないように、隼人たちは、すこし間《ま》をとって歩いた。先頭にたったのは、隼人である。

隼人は桔梗屋の前ですこし歩調を緩め、店内の様子を窺《うかが》ったが、女将らしい女の声がかすかに聞こえただけである。

隼人は桔梗屋の前を通り過ぎ、半町ほど離れてから足をとめた。そして、一休みしている振りをして、後続の菊太郎や八吉たちが近付くのを待った。

隼人は三人がそばに来ると、

「店は、ひらいているようだ」

と、小声で言った。

「女将らしい女の声が、聞こえやした」

利助が言った。

「しばらく様子を見るか。……木島が出てくれば、ここで取り押さえてもいいな」

隼人は、木島を捕らえて尋問すれば、他の仲間の居所も知れるのではないかと思った。

隼人たちは、通行人や付近の住人に不審の目をむけられないように、すこし間をとって立ち、人を待っているような振りをした。

町人や供連れの武士などが、通りかかった。その道を東方に向かうと武家地があり、御家人や小身《しょうしん》の旗本の屋敷があったのだ。

それから、半刻(一時間)ほど経《た》ったろうか。桔梗屋の入り口の格子戸は、しまったままだった。客らしい男が、ひとり出てきただけである。まだ、店内に客がいるらしく、女将と男の話し声が聞こえたが、姿を見せる者はいなかった。

「あっしが、店の近くまで行って様子を見てきやしょうか」

利助が言って、桔梗屋の方に歩きだしたが、ふいにその足がとまり、

「出てきた!」

と、言って、隼人たちのそばに戻った。

店の出入り口からではなく、脇から大柄な男がひとり出てきた。さらにその背後から、ふたり姿を見せた。

男たちは通りの左右に目をやり、隼人たちのいる方に近付いてきた。

そのときだった。ふいに、桔梗屋の入り口の格子戸が開き、中背の武士がひとり出てきた。いや、ひとりではない。姿を見せた武士の背後に、もうひとり長身の武士が

いた。

「木島、あそこだ！」

長身の武士が、隼人たちを指差して言った。

どうやら中背の武士が、木島らしい。とすれば長身の武士が、柳瀬か。

武士だけでは、なかった。木島たちにつづいて、ふたりの男が、店から出てきた。小袖を裾高に尻っ端折りし、両脛《りょうすね》をあらわにしていた。ふたりとも、遊び人ふうである。繁田屋に押し入った柳瀬たちの仲間の茂次郎と安造だ。隼人は、逃げる間はないとみて、

「八吉、利助、おれと菊太郎の後ろにまわれ！」

言いざま、抜刀した。

これを見た菊太郎も、刀を抜いた。菊太郎は、八丁堀の組屋敷で木刀を遣って剣術の稽古をしていたが、真剣勝負の経験はほとんどない。

八吉と利助は、隼人たちの後ろにはまわらず、十手を手にして両脇についた。

木島と柳瀬も刀を抜き、抜き身を手にしたまま足早に近付いてきた。茂次郎と安造も、懐から匕首《あいくち》を取り出した。

近くを通りかかった者たちが、悲鳴を上げて逃げ散った。

隼人の前に立ったのは、柳瀬だった。菊太郎の前には、木島がまわり込んだ。ふたりとも、遣い手である。

隼人は、菊太郎の前に立った木島にも目を配った。何としても、菊太郎の身を守らねばならない、と思ったのだ。

柳瀬は八相《はっそう》に構えた。しかし通常の八相とはちがう。右足を前に出し、右肩の上に刀を構えた。馬庭念流独特の構えである。

すぐに、隼人は青眼《せいがん》に構えた。

ふたりの間合は、およそ二間半――。真剣勝負の立ち合いの間合いとしては近いが、その場が狭く、仲間たちがそばにいることもあって広くとれないのだ。

「柳瀬！　繁田屋に押し入ったのは、うぬらだな」

隼人が、声高に言った。近くにいる野次馬たちに聞こえるように言ったのだ。柳瀬を動揺させるためである。

「繁田屋など知らぬ！」

柳瀬が叫んだ。そのとき、切っ先が大きく揺れた。やはり、動揺したようである。

一方、菊太郎の前に立った木島は、八相に構えた。切っ先を垂直に立てた大きな構えである。木島も遣い手だった。

菊太郎は青眼に構え、切っ先を木島にむけた。剣術の稽古をしていたときと違って、腰が高く、切っ先が震えていた。緊張して、体に力が入り過ぎているのだ。

ふたりの間合は、二間ほどしかなかった。大きく踏み込めば、切っ先のとどく間合である。

木島は八相に構えたまま足裏を擦《す》るようにして、ジリジリと間合を狭めていく。だが、対する菊太郎は、動じなかった。いや、動けなかったのだ。菊太郎も剣術の稽古を積んで腕を上げてはいたが、真剣勝負の経験がほとんどなかったからである。菊太郎の背後が道の脇の溝になっていて、それ以上下がれない。

「小僧、観念しろ！」

木島は大きな八相に構えたまま、ジリジリと一足一刀の斬撃の間境《まざかい》に近付いてきた。

このとき、隼人は目の端で菊太郎と木島をとらえ、このままだと、菊太郎は斬られる、とみた。

隼人は青眼に構えたまま一歩身を引いて、間合を大きくとり、

「利助、呼び子を吹け！」

と、叫んだ。

すぐに利助が懐から呼び子を取り出して、顎《あご》を突き出すようにして吹いた。

ピリピリピリ……。

甲高い呼び子の音が、辺りに響いた。

このとき、隼人たちのいる場から、すこし離れた路上に、馬に乗った武士の姿があった。旗本である。家禄《かろく》が、六、七百高と思われる旗本で、中間《ちゆうげん》や侍などの供がいた。近くの武家地に屋敷を構える旗本かもしれない。

旗本は呼び子の音を耳にし、ふたりの武士と岡っ引きらしい男が、遊び人ふうの男や刀を手にした武士に取り囲まれているのを目にし、

「あの者たちを助けよ」

と、供の侍に命じた。

すると、四人の供の侍が、木島や柳瀬たちにむかって走った。

これを目にした柳瀬は、素早く隼人から身を引き、

「引け！　引け！」

と、叫んだ。

すると、木島も菊太郎から身を引き、供の侍たちが来るのとは反対方向に逃げた。

相手が旗本と知って、逃げるしかないとみたようだ。

柳瀬も抜き身を手にしたまま逃げ出し、遊び人たちも走りだした。

これを見た利助は、呼び子を吹くのをやめ、隼人と菊太郎は、手にした刀を鞘《さや》に納めた。隼人と八吉が小走りに馬上の武士に近付き、頭を下げてから、

「われらは、町奉行所の者にございます。お助けいただき、かたじけなく存じます。あの者たちは、商家に押し入った盗賊にございます」

隼人が、丁寧な物言いで礼を言った。

菊太郎、八吉、利助の三人は、深々と頭を下げている。

「賊は逃げたが、無事でよかった」

旗本はそう言うと、家臣たちに「参るぞ」と声をかけ、その場から離れた。家臣たちは、すぐに旗本の前後についた。

隼人は頭を下げたまま、旗本が遠ざかるのを待ち、

「木島はなかなか手強《てごわ》かったが、命拾いしたな」

と、菊太郎たち三人に目をやって言った。

五

翌朝、隼人の住む組屋敷に、天野が与之助を連れて姿を見せた。

天野は、八丁堀ふうの身装《みなり》ではなかった。羽織袴姿で、大小を差していた。小身の

旗本か御家人ふうの格好である。

昨日、隼人は桔梗屋のある橘町からの帰りに、天野の住む組屋敷に立ち寄り、「明朝、おれの家に顔を出してくれ」と頼んだ。そのおり、身装も、八丁堀の同心と分からないように変えてくれと話したのだ。

隼人は戸口で天野と顔を合わせると、

「天野に、これから一緒に行ってもらいたいところがあってな。それで、身装を変えてもらったのだ」

そう言って、天野を庭に面した座敷に上げた。与之助は、戸口で待っている。

おたえは奥の座敷にいたが、戸口の声が聞こえたのか、隼人と天野のいる座敷に顔を出し、

「天野さま、お久し振りでございます」

と言って、頭を下げた後、「すぐに、茶を淹《い》れます」と言い残し、座敷から出ていった。

おたえは、天野が八丁堀ふうの格好をしていないことに気付いたが、笑みを浮かべただけで何も訊かなかった。隼人や菊太郎もそうだが、事件の探索に当たるとき、身装を変えることもあると承知していたのだ。

隼人は天野が座敷に腰を落ち着けるのを待って、

「実は、昨日、繁田屋に押し入った盗賊に襲われてな」

そう切り出し、これまで盗賊一味のことで突き止めたことを、かいつまんで話した。

「さすが、長月さんだ。やることが早い」

天野が、驚いたような顔をして言った。

「ところが、昨日は散々な目にあってな。おれと菊太郎は、危うく命を落とすところだった。通りかかった旗本に助けられて、命拾いしたのだ」

隼人が苦笑いを浮かべて言い、桔梗屋のことで分かったことや昨日のできごとなどについても一通り話した。

天野は黙って聞いていたが、隼人が話し終えると、

「そこまで、探ったのですか！」

と、感嘆の声を上げた。

「此度《こたび》の件は、おれと菊太郎だけでは荷が重い。……天野、手を貸してくれんか」

隼人が言った。

「手を貸すもなにも、長月さんと一緒に事件に当たれれば光栄です」

天野は身を乗り出した。

「それでな。念のため、桔梗屋に行って柳瀬たちがいるかどうか確かめ、いなければ、柳瀬の家のある剣術道場へ行くつもりなのだ」

「柳瀬は、剣術の道場主だったのですか」

天野が、驚いたような顔をして訊いた。

「そうらしい。先代から受け継いだ古い道場でな。柳瀬には、道場を建て直したい気もあって、繁田屋に押し入ったようだ」

「そうでしたか」

天野が、「さすが、長月さんだ。そこまで突き止めていたのか」とつぶやき、感心したような顔をしてうなずいた。

隼人が天野と話しているところに、おたえが湯飲みを載せた盆を手にして座敷に入ってきた。

おたえは、隼人と天野の膝先に湯飲みを置くと、隼人の脇に座した。ふたりの話にくわわるつもりらしい。

「これから、天野とふたりで、事件の探索のために出かけるつもりだ」

隼人が言った。

「菊太郎は、どうします」

おたえが、訊いた。

「むろん、菊太郎も一緒だ。此度は大きな事件でな。菊太郎にとっても、いい経験になるはずだ」

隼人は、そう言った後、

「おたえ、そろそろ出かけるのでな。菊太郎に仕度させてくれ」

と、頼んだ。

「はい」

おたえは、すぐに立ち上がった。

「天野。此度の事件の下手人の武士は、腕が立つ。手先たちに、迂闊《うかつ》に近付くなと話しておいてくれ」

「分かりました」

天野は、顔を引き締めてうなずいた。

隼人は、菊太郎と天野、それに天野が連れてきた与之助とともに、八丁堀を出て浜町堀にかかる千鳥橋にむかった。隼人は桔梗屋に木島たちがいるかどうか確かめ、いなければ、近所で聞き込んでみるつもりだった。

それに、木島たちだけでなく、他の仲間の居所も聞き出したいと思った。桔梗屋の近くで訊きづらかったら、木島の仲間と思われる男をひとり捕らえ、近くの自身番に連れていって話を聞いてもいい。

隼人と菊太郎も、天野と同じように八丁堀ふうの身仕度ではなかった。小袖に、袴姿で大小を帯びている。

今日は、八吉と利助は同行しなかった。天野と与之助が加わり、四人になったので、八吉たちに話さなかったのだ。あまり人数が多いと、桔梗屋に出入りする者の目にとまり、気付かれる恐れがある。

隼人たちは浜町堀にかかる千鳥橋を渡ると、岸際に足をとめ、

「そこに、蕎麦屋があるな」

そう言って、隼人が橋のたもと近くにある蕎麦屋を指差し、

「桔梗屋は、蕎麦屋の脇の道を入った先にある」

と、言い添えた。

隼人は、「行くぞ」と小声で言い、四人の先頭にたった。

六

隼人は桔梗屋が見えてくると、半町ほど手前で足をとめた。後続の天野たちが、隼人に身を寄せた。

「天野、この先に小料理屋らしい店があるな」

隼人が、指差して言った。

天野は、身を乗り出して前方に目をやったが、分からなかったようだ。

「いま、供をふたり連れた武士が、歩いていくな。その左手にある店だ」

隼人が言った。

「表戸が、しめてある店ですか」

天野が、前方を見ながら訊いた。

「そうだ。店の常連客らしい男を捕らえて、話を聞きたいのだ。この店の女将は、木島の情婦《いろ》でな。繁田屋に押し入った仲間たちも出入りしているらしい」

隼人が、桔梗屋に目をやったまま言った。

「店から出てきた常連客らしい男を捕らえればいいんですね」

天野が、念を押すように訊いた。

「そうだ。店の者に気付かれないように、目をつけた男が店から離れるのを待って仕掛けてくれ。おれは、顔を見られているのでな。様子を見て、この場から駆け付ける」

「分かりました」

天野は与之助を連れ、桔梗屋にむかった。

天野と与之助は、桔梗屋からすこし離れた路傍に足をとめた。ふたりで何やら話しながら、連れでも待っているような振りをして立っている。

天野たちがその場に立ってしばらくすると、商家の旦那ふうの男がふたり、桔梗屋から出てきた。ふたりは、見送りに出てきた女将と何やら話していたが、ふいに笑い声を上げた。女将の「嫌ですよ、この人」と言う声が聞こえた。男が、何か卑猥《ひわい》な話でもしたのだろう。

ふたりの男は笑いながら、店先を離れた。女将はふたりの男が遠ざかると、踵を返して店にもどった。

天野たちは、路傍に立ったまま動かなかった。そのまま、遠ざかっていくふたりの男に目をやっている。

それから、さらに半刻（一時間）ほど経ったろうか。桔梗屋の格子戸があいて、遊び人ふうの男がひとり、女将と一緒に出てきた。男は桔梗屋の戸口で女将と何やら話していたが、「また、来らァ」と言い残し、天野たちのいる方に歩きだした。

天野と与之助は、遊び人ふうの男に不審を抱かせないように、ふたりで話しながら路傍に立っている。

遊び人ふうの男が、天野たちの前を通り過ぎてすこし離れてから、天野たちは路傍から通りに出た。そして、通行人を装い、遊び人ふうの男の背後から歩いていく。

天野たちは男が桔梗屋から離れると、足を速めて男との間を詰め始めた。

天野たちと男の間が、七、八間に狭まったとき、ふいに遊び人ふうの男が振り返った。背後に迫ってくる足音を耳にし、何者かが自分を追ってくると気付いたのかもしれない。男が、走りだした。天野たちから逃げようとしたのだ。

だが、その足がすぐにとまった。前方に立ち塞がっている隼人と菊太郎を目にしたようだ。

男は前後を見て戸惑うような顔をしたが、隼人たちの脇を通って、逃れようとした。

「逃がさぬ！」

言いざま、隼人は抜刀し、素早い動きで男に迫った。そして、脇へ逃げようとした男の鼻先に切っ先を突き付け、

「動くな！　首を落とすぞ」

と、恫喝《どうかつ》するように言った。

男は恐怖に顔を歪《ゆが》め、その場につっ立った。

そこへ、天野と与之助、それに菊太郎が足早に近付いてきて、男を取り囲むように立った。

「縄をかけてくれ」

隼人が、天野たちに言った。

すると、与之助が腰にぶら下げていた捕り縄を手にし、菊太郎の手も借りて、男を後ろ手に縛った。

隼人は、野次馬たちが路傍に足をとめて、見つめているのを目にし、

「こやつは、盗人だ。番屋に連れていく」

と、野次馬たちに聞こえる声で言った。番屋とは、自身番のことである。

そして、天野に「この男を、連れてきてくれ」と声をかけ、千鳥橋にむかった。

隼人たちは捕らえた男を連れ、千鳥橋を渡り、浜町堀沿いの道を南にむかった。むかった先にある富沢町の自身番に、捕らえた男を連れていくつもりだった。自身番で、尋問するのである。

自身番は、各町の自治機関といっていいが、簡単な事件の場合、八丁堀の同心が捕

らえた者の吟味《ぎんみ》をする場所でもある。調べた結果、大きな事件にかかわったことが知れれば、牢のある大番屋に送られるのだ。

隼人は、捕らえた男がどういう立場か分からなかったので、自身番を使うことにしたのだ。自身番には、町内に住む家主や番人などが何人か詰めている。

隼人たちは、捕らえた男を連れて自身番に入った。表の引き戸の先に狭い土間があり、その先の座敷の脇の板壁には、鳶口《とびぐち》、提灯《ちょうちん》などが並べられていた。火事のときに、使うらしい。

座敷のなかほどに、家主と番人がいた。ふたりは、何やら話しながら茶を飲んでいた。ふたりは縄をかけた男を連れた隼人たちの姿を見て、驚いたような顔をしたが、すぐに立ち上がり、

「八丁堀の旦那ですかい」

と、家主が言って頭を下げた。

「この男を吟味したいのだ。ここを、使わせてもらっていいかな」

隼人が言った。

「どうぞ、奥の座敷をお使いくだされ。手前たちは、戸口近くに控えております」

家主が言い、番人とふたりで、戸口近くの狭い座敷に移った。

隼人たちは、捕らえた男を連れて奥の座敷に入った。そして、隣の座敷との間にある障子をしめた。それでも、家主と番人には、尋問のやりとりが聞こえるだろう。

隼人は、捕らえてきた男を座敷のなかほどに座らせた。隼人が男と対座し、天野、与之助、菊太郎の三人は、左右と背後に座した。

七

「名は」

隼人が、捕らえてきた男を見据えて訊いた。

「……」

男は口を閉じたまま、青褪《あおざ》めた顔で虚空《こくう》を睨《にら》むように見据えている。

「おまえは、大番屋に連れていかれるほどの悪事を働いたのか」

隼人が、穏やかな声で訊いた。大番屋には牢屋もあり、そこで調べられた後、小伝馬町の牢屋敷に送られる。

「あ、あっしは、町方の世話になるようなことは、何もしてねえ」

男が、声を震わせて言った。

「それなら、隠すことはあるまい」

隼人は内心、目の前に座っている男は、仲間たちと喧嘩《けんか》や脅し、強請《ゆすり》などの悪事を働いたことがあるとみた。ただ、兄貴分の言いなりになる三下《さんした》だろう。

「おまえの名は」

隼人が同じことを訊いた。

「勝吉《まさきち》でさァ」

男が首をすくめて名乗った。

「勝吉、桔梗屋の女将は、何と言う名だ」

隼人が訊いた。

「おりきさんで……。あっしらは、おりき姐《ねえ》さんと呼んでやす」

勝吉は、おりきの名も隠さず口にした。自身番に連れ込まれて、観念したのかもしれない。

「おりき姐さんか。木島という武士の情婦《いろ》だな」

隼人が、念を押すように訊いた。

「そうで」

勝吉は、すぐに答えた。

「桔梗屋には、木島の仲間の武士も来るな」

「来やす」

「武士の名は」

隼人は、知っていたが、念のために訊いたのである。

「柳瀬平九郎さまでさァ」

勝吉は、隠さず柳瀬の名も口にした。

「木島と柳瀬は仲間たちと両替屋に押し込み、大金を奪ったのだ。そのことを、耳にしているか」

隼人が声をひそめて訊いた。

勝吉は戸惑うような顔をして、口をとじていたが、

「噂《うわさ》は聞いてやす」

と、小声で言った。

「両替屋に入ったのは、木島と柳瀬だけではない。何人か、仲間がいたのだ。……仲間は武士ではないらしい」

隼人はそう言った後、「仲間のことは、知るまいな」と、声を潜めて訊いた。

「知ってやすよ」

すぐに、勝吉が言った。隼人とのやりとりで、隠す気がなくなったようだ。それに、

すでに木島と柳瀬のことを喋《しやべ》り、仲間たちのところへは戻れないと覚悟したせいかもしれない。

「知ってるか！」

隼人が、身を乗り出して訊いた。

「へい。盗人仲間では、名の知れたやつらでさぁ」

勝吉が、目をひからせて言った。

「だれだ」

「親分は駒蔵でさァ」

「駒蔵か」

隼人は、天野に目をやり、「駒蔵の名を聞いたことがあるか」と小声で訊いた。

「あります。ただ、噂話を耳にしただけですが」

天野が、「駒蔵は盗人のなかでは、親分格らしい」と小声で言い添えた。

「駒蔵の仲間のことも、聞いているか」

隼人は、勝吉に顔をむけて訊いた。

「名は、聞きやした」

「だれだ」

「茂次郎と安造でさァ。……安造は、木島や柳瀬の旦那と一緒に、桔梗屋に来ることがありやす」

勝吉によると、茂次郎は一度だけ桔梗屋で見掛けたことがあるが、それっきり姿を見せないという。

「そうか」

隼人は胸の内で、「これで、繁田屋に押し入った賊の五人のことが、だいぶ知れた」とつぶやいた。

隼人はいっとき間を置き、

「天野も何かあったら訊いてくれ」

と、声をかけ、勝吉の前から身を引いた。

天野は、勝吉と対座し、

「権兵衛という親分を知っているか」

と、訊いた。

どうやら、天野も、繁田屋に押し入った賊のことを探っていて、賭場の貸元の権兵衛のことを知ったらしい。

「名は聞いてやす」

勝吉が小声で言った。

「権兵衛の塒《ねぐら》を知っているか」

「亀井町と聞いてやす」

「亀井町な」

天野が、そう言って身を引いたとき、

「亀井町の、どの辺りだ」

と、隼人が訊いた。隼人も、権兵衛の塒は亀井町にあると聞いていたが、亀井町は広く、町名が分かっただけでは、探りようがなかったのだ。

「小伝馬上町の隣りだと、聞いてやす」

「行けば、知れるな」

隼人が言った。小伝馬上町は、亀井町の隣町だった。小伝馬上町と亀井町の町境近くを探せば、知れるだろう。

隼人と天野の尋問が終わると、

「あっしの知ってることは、みんな話しやした。あっしを帰《けえ》してくだせえ」

勝吉が、隼人と天野に目をやって言った。

「帰してもいいがな。おまえの住処《すみか》は、どこにある」

隼人が訊いた。

「高砂町《たかさごちょう》の長屋に住んでいやす」

「高砂町か。ここから近いな」

隼人たちが今いる自身番のある富沢町は、高砂町の隣町だった。桔梗屋のある橘町からも遠くない。

「高砂町の長屋には、帰れないぞ。勝吉、おまえがおれたちに捕らえられたことは、すぐに木島たちに知れる。いや、もう知っているはずだ」

「……！」

勝吉は、息を呑《の》んで隼人を見た。

「木島たちは、おまえが、おれたちに訊かれたことを話したので、放免されたとみるだろうな。そこへ、おまえが姿を見せたら、木島たちはどうすると思う。仲間たちを裏切ったとみて、生かしておかないだろうな」

「そ、そうかも、しれねえ」

勝吉が声を震わせて言った。

「勝吉、どこか身を隠すところはあるか」

隼人が訊いた。

「み、身を、隠すところと言われても……」

勝吉は、いっとき血の気の失《う》せた顔で、口をつぐんでいたが、

「ほ、本郷で、伯父《おじ》が蕎麦屋をやってやす。しばらく、そこに住み込みで、店を手伝わせてもらいやす」

と、声を震わせて言った。

「すぐに、本郷に行け。この近くで、うろうろしてると、間違いなく殺されるぞ」

隼人が語気を強くして言った。

「い、行きやす」

そう言って、勝吉は立ち上がった。

隼人たちも腰を上げ、戸口近くの座敷にいた家主と番人に礼を言って外に出た。

第四章　隠れ家

一

「さて、どこから手をつけるか」

隼人が、天野と菊太郎に目をやって言った。

三人がいるのは、隼人の住む組屋敷だった。庭の見える座敷で、今後どうするか相談していたのだ。

四ツ（午前十時）ごろ、天野が隼人の住む組屋敷に姿を見せた。天野も、今後どう動くか迷ったらしい。

隼人たち三人が黙考していると、廊下を歩く足音がした。障子があいて、おたえが姿を見せた。おたえは、湯飲みを載せた盆を手にしていた。隼人たちに、茶を淹《い》れてくれたらしい。

おたえは座敷に入ってくると、天野の脇に座し、

「天野さま、粗茶ですけど」

そう言って、湯飲みを天野の膝先に置いた。

「おたえどの、お手間をとらせます」

天野が、湯飲みに手をのばした。

おたえは、天野につづいて、隼人と菊太郎の膝先に湯飲みを置くと、「奥にいますから、何かあったら声をかけて」と菊太郎に小声で言った。そして、座敷から出ていった。隼人たち三人が大事な仕事の話をしていると思い、遠慮したらしい。

隼人はおたえの足音が遠ざかると、

「まず、手をつけるのは、桔梗屋だな」

そう言って、天野に目をやった。

「捕方をむけますか」

天野が言った。

「いや、捕方は後だ。まず、桔梗家に出入りする盗賊のひとりを捕らえ、まだ居所の知れてない仲間たちのことを聞き出してからだ」

隼人は、下手《へた》に動くと、盗賊たちに逃げられると思った。

「勝吉は、安造、それに木島と柳瀬が、桔梗屋に来ることがあると話していた」

天野が、湯飲みを手にしたまま言った。

「桔梗屋を見張り、安造にしろ木島にしろ、姿を見せたら捕らえるしかないか。……それも、他の仲間に気付かれないようにしないとな」

隼人が、「気付かれると、他の仲間は隠れ家を変えるかもしれない」と言い添えた。

「手先を連れていきますか」

天野が訊いた。

「おれと菊太郎は豆菊に寄って、利助だけ連れていく。天野も、手先はひとりにしてくれ。手先を大勢連れていくと、安造や木島たちの目にとまるからな」

「与之助だけ連れていきます」

天野が言った。

「そうしてくれ。八ツ（午後二時）ごろ、浜町堀にかかる千鳥橋のたもとで会おう」

隼人は、いまから行くのは早いし、八丁堀の同心と知れないように着替えてから行くつもりだった。

「分かりました。千鳥橋のたもとで待ってます」

天野はそう言うと、湯飲みの茶を飲み干して腰を上げた。

隼人と菊太郎は、天野を玄関まで見送った後、座敷にもどり、羽織袴《はおりはかま》姿に着替えた。

二刀を差せば、どこででも見掛ける御家人か、江戸詰めの藩士に見えるだろう。

隼人はおたえに話し、早い昼飯を仕度してもらった。そして、菊太郎とふたりで腹《はら》拵《ごしら》えをしてから組屋敷を出た。

隼人たちは豆菊に立ち寄り、利助を連れて千鳥橋にむかった。豆菊にいた八吉も一緒に行くと言ったが、

「今日は、天野も一緒でな。大勢で行くと目を引くので、まずは利助だけ連れていく」

隼人はそう話して、豆菊を出た。

隼人たち三人が千鳥橋のたもとまで行くと、天野と与之助が待っていた。天野も八丁堀同心と知れないように、羽織袴姿で二刀を帯びていた。

隼人は天野たちと顔を合わせると、

「おれと利助とで、桔梗屋の様子を見てくる。菊太郎も、天野たちと待っていてくれ」

そう言い残し、利助とふたりで千鳥橋を渡った。

隼人と利助は、橋のたもと近くにある蕎麦屋《そばや》の脇の道に入った。その道は何度も行き来したことがあるので、様子は分かっている。

隼人たちは、前方に桔梗屋が見えてきたところで路傍に足をとめた。

「店は、ひらいているようだ」

隼人は、桔梗屋の店先に暖簾《のれん》が出ているのを目にして言った。

「旦那、あっしが、様子を見てきやしょうか」

利助が言った。

「気付かれるなよ」

「店の前《めえ》を通るだけでさァ」

そう言って、利助は隼人から離れた。

利助は通行人を装って、桔梗屋の脇まで行くと足をとめた。そして、草鞋《わらじ》を直すようなふりをして、屈《かが》み込んだ。

利助は、いっとき桔梗屋のなかの様子を窺《うかが》っているようだったが、立ち上がり、店先を離れて半町ほど歩いた。そして、踵《きびす》を返し、隼人のそばにもどってきた。桔梗屋にいる者に不審を抱かれないように、そうしたらしい。

「どうだ、店のなかの様子が知れたか」

隼人が訊いた。

「客のなかに、木島と安造がいるようです」

利助が、店内の女将《おかみ》や客たちの会話のなかで、木島と安造を呼ぶ声が聞こえたことを話した。

「そうか、どちらか捕らえれば、他の仲間たちの居所も知れるな」

隼人は、天野たちのいる場にもどろう、と利助に言い、来た道を引き返した。

ふたりは、菊太郎と天野たちのいる場にもどり、

「桔梗屋に、木島と安造がいるらしいぞ」

と、隼人が伝えた。

「どうします」

天野が訊いた。

「桔梗屋が見えるところまで行き、先に店から出てきたやつを捕らえよう。店の者に、気付かれぬようにな」

隼人が、その場にいる男たちに言った。

二

隼人、菊太郎、利助、天野、与之助の五人は、通行人を装い、すこし間《ま》を取って歩いた。先頭にたったのは利助で、隼人たち四人が後につづいた。

隼人たちは、蕎麦屋の脇の道に入った。いっとき歩いて、桔梗屋の近くまで来ると、先頭にいた利助が足をとめ、路傍に身を寄せた。

これを見た後続の隼人と天野は、利助に足をむけた。人目を引かないように、菊太郎と与之助は、路傍にとどまっている。

「何かあったかな」

隼人が、歩きながら呟《つぶや》いた。

利助はいっとき桔梗屋に目をやっていたが、ふいに反転し、隼人たちの方に足早にもどってきた。

利助は隼人のそばに来るなり、

「来やす！　安造が」

と、声を殺して言った。

「ひとりか」

「へい、桔梗屋から出て、こっちに歩いてきやす」

利助が口早に話したことによると、一緒に店から出てきた男が、「安造兄い」と声をかけたのが聞こえたという。

声をかけた男は、桔梗屋の前で安造と別れ、反対方向にむかったそうだ。

「都合がいいな。安造なら、仲間のことを知っているはずだ」

隼人が言った。

「ここで、捕らえますか」

天野が訊いた。

「駄目だ。騒ぎが大きくなる。それに、桔梗屋から仲間が駆け付けるかもしれん」

「どうします」

「跡をつけよう。振り返っても気付かれないように、間をとってな」

隼人がその場にいる男たちに、目をやって言った。

隼人たちは、すぐに道沿いで店をひらいていた一膳めし屋の脇に身を寄せた。安造をやり過ごして、跡をつけるのである。

安造は肩を振り、雪駄《せった》の音をチャラチャラさせながら歩いてきた。通りを、千鳥橋の方にむかっていく。隼人たちには、気付かない。

安造が隼人たちから二十間ほど離れたとき、天野と与之助が、通りに出て安造の跡をつけ始めた。

その天野たちから、さらに二十間ほど離れ、利助、隼人、菊太郎の順で、前を行く天野の跡をつけていく。隼人たちは顔を知られているので、尾行のおりは、相手に気付かれないように、そうしようと話してあったのだ。

先を行く安造は、千鳥橋のたもとまで来ると、行き交う人の間をすり抜けるようにして橋を渡り始めた。

天野と与之助は、すこし足を速めて安造との間をつめた。離れると、見失う恐れがあったからだ。後続の隼人たちも、足を速めた。

先を行く安造は、千鳥橋を渡り終えると、そのまま表通りを西にむかった。その通りは日本橋方面につづいている。

安造は表通りをしばらく歩き、新材木町まで来ると、左手の内堀沿いの道に入った。内堀沿いの道を南にむかって歩いていく。

そこは道幅が狭く、行き交う人の姿も少なかった。そのとき、与之助がまた足を速めた。天野もすこし足を速め、与之助の後ろからついていく。後続の隼人たちも、小走りに天野の後を追った。

与之助は、安造との間をさらにつめていく。安造は与之助の足音に気付いたのか、背後を振り返ったが、内堀の岸際に身を寄せただけで歩調も変えなかった。安造の目に与之助の姿が入ったはずだが、与之助ひとりだったし、どこでも見掛ける町人の姿だったので、不審を抱かなかったようだ。

与之助は安造を追い越し、すこし離れてから足をとめた。そして、道のなかほどに立ち塞がった。

ふいに、安造の足がとまった。前に立った与之助が、安造の行く手を塞いだからである。安造は戸惑うような顔をして与之助を見た。与之助が何者か、分からなかったからだろう。

天野が、小走りになった。安造の背後に迫っていく。天野の後続の隼人たちも、走りだした。

ふいに、安造が振り返った。天野の足音を耳にしたようだ。一瞬、安造は硬直したように、その場につっ立った。迫ってくる天野を目にしたのだ。天野は、安造の近くまで来ていた。しかも、天野の背後には、隼人たちもいる。

「は、挟み撃ちか！」

安造が、声をつまらせて言った。

「安造、観念しろ！」

天野が声をかけ、抜刀した。そして、刀身を峰《みね》に返した。峰打ちで仕留めるつもりなのだ。

「畜生！」

安造が、懐に手をつっ込んで匕首《あいくち》を取り出した。そして、前にいる与之助に迫った。何とか、与之助を突破して逃げようとしたらしい。

「逃がさねえ！」

与之助は、懐から十手を取り出して身構えた。

安造は、与之助に迫っていく。

咄嗟《とっさ》に、与之助が十手を振り上げた。安造が間近に来たら、十手で殴りつけようとしたのだ。

「そこをどけ！」

安造が、足をとめて叫んだ。すぐ、背後に天野が迫っている。

与之助は、動かなかった。

「殺してやる！」

叫びざま、安造が匕首を手にしたまま つっ込んできた。

与之助が脇に逃げた。

安造は体勢をくずして、前によろめいた。そして、足をとめ、体を与之助にむけようとした。

そのとき、安造の背後に迫っていた天野が、踏み込みざま手にした刀を袈裟《けさ》に払った。峰打ちが、安造の右肩を強打した。

ギャッ、と、安造は悲鳴を上げて身をのけ反らせた。そして、前によろめき、足がとまると、その場にへたり込んだ。顔が、苦痛に歪《ゆが》んでいる。

そこへ、利助、隼人、菊太郎の三人が走り寄って、安造を取り囲んだ。

「安造に、縄をかけろ!」

隼人が指示した。

利助と与之助が、安造の両腕を後ろにとって縛った。利助はこうしたことに慣れていたので、手際がよかった。

「安造を、南茅場町《みなみかやばちょう》の大番屋まで連れていきますか」

天野が隼人に訊いた。

南茅場町には、調べ番屋とも呼ばれる大番屋があった。大番屋には、捕らえた下手人を入れる仮牢《かりろう》もある。

「いや、大番屋には、安造から話を聞いてから連れていく。……同心のおれが、大番屋で下手人を調べるわけにはいかないからな」

隼人が、苦笑いを浮かべて言った。

大番屋で、捕らえた下手人を吟味《ぎんみ》するのは、吟味方与力《よりき》の仕事である。同心である隼人が、与力のように大番屋で吟味するのは、気が引けるのだろう。

「この先の小網町《こあみちょう》一丁目に、番屋がある。そこで、安造から、話を訊こう」

隼人が、その場にいる男たちに目をやって言った。

三

隼人たちは、捕らえた安造を自身番に連れていった。

自身番には、家主と番人がふたりいた。隼人たちが捕らえた安造を連れていくと、驚いたような顔をし、

「はっ、八丁堀の旦那、ここを使いますか」

と、家主が声をつまらせて訊いた。

いきなり、八丁堀同心や御用聞きたちが、下手人らしい男を連れて入ってきたので、驚いたのだろう。

「使わせてくれ。そう長くはかからぬ」

隼人が言った。

「手前たちは、表の座敷におります」

家主はそう言って、ふたりの男とともに、戸口近くの座敷に移動した。

隼人たちは、安造を奥の座敷に連れていった。隼人が安造の前に腰を下ろし、天野が脇に座した。利助、菊太郎、与之助の三人は、安造の背後に座っている。

「安造、おまえは、繁田屋に押し入った賊のひとりだな」

隼人は、核心から訊いた。

「し、知らねえ」

安造が、声をつまらせて言った。顔から血の気が引き、体が顫《ふる》えている。

「いまさら、白を切っても無駄だ。勝吉が、洗いざらい吐いているからな」

隼人が語気を強くした。

「ちくしょう！」

安造が目をつり上げ、吐き捨てた。

「親分は、駒蔵だそうだな」

隼人は、勝吉から聞いたことを話した。

「勝吉の野郎、親分の名まで喋《しゃべ》ったのか」

安造は憤怒《ふんぬ》に顔をしかめたが、いっときすると、体から力が抜けたようにがっくりと肩を落とした。

「駒蔵の隠れ家は、どこだ」

隼人は、さらに問い詰めた。

「……」

安造は顔をしかめたまま口をつぐんでいる。

「どこだ！」

隼人が語気を強くして訊いた。

「と、豊島町でさァ」

安造が肩を落として言った。

「豊島町のどこだ」

豊島町は、広い町だった。町名が知れただけでは、探しようもない。

「賭場《とば》の近くでさァ」

「おまえは、賭場で駒蔵と知り合ったのか」

「そうで……」

安造が首をすくめた。

「駒蔵は、独り暮らしか」

隼人が訊いた。

「情婦《いろ》を囲っていやす」

「すると、長屋暮らしではないな」

「へい、仕舞屋《しもたや》でさァ」

「そうか」

隼人は、うなずいた。賭場の近くで、女を囲っている仕舞屋を探せば、駒蔵の居所は知れるとみたのだ。

「もうひとり、武士ではない仲間がいるな」

隼人が、声をあらためて訊いた。

「へい」

「そいつの名は」

「茂次郎で……」

安造は、すぐに名を口にした。親分の駒蔵のことを話したので、隠す気が薄れたようだ。

「茂次郎の塒《ねぐら》は」

「駒蔵親分の塒の近くの長屋と聞きやしたが、あっしは行ったことがねえんで」

「そうか」

隼人は、安造が隠しているとは思わなかったので、

「茂次郎も、桔梗屋に顔を出すのか」

と、矛先を変えた。

「桔梗屋に来たときには木島の旦那たちと話してたようでさァ」

「やはり、桔梗屋は一味の溜《た》まり場になっていたのだな」

隼人は天野に目をやり、「何かあったら、訊いてくれ」と言って身を引いた。

「木島だが、桔梗屋に寝泊まりしているのか」

天野が、安造に訊いた。

「帰《けえ》るときも、ありやすが、ちかごろは、泊まることが多いようでさァ。……ふたりは、できてやすからね」

安造は薄笑いを浮かべたが、すぐに表情を硬くした。いま、自分が置かれている立場を、思い出したようだ。

「茂次郎や駒蔵は、桔梗屋に来ても泊まらずに帰るのだな」

天野が、念を押すように訊いた。

「帰りやす」

「そうか」

天野は、隼人に顔をむけてうなずいた。安造から訊くことはもうないと、隼人に知らせたのである。

隼人たちの尋問は終わり、座敷が沈黙につつまれたとき、

「あっしが知ってることは、みんな話しやした。あっしを帰してくだせえ」

と、安造が隼人と天野に目をやって言った。

「帰せだと。……安造、おまえたちが何をやったか、忘れたのか。繁田屋に押し入り、番頭を殺して、大金を奪ったのだぞ」

隼人が強い口調で言った。

「…………！」

安造の顔から、血の気が引いた。

「安造を、大番屋に連れていく」

隼人が、その場にいる天野たちに目をやって言った。

四

隼人は安造を捕らえ、番屋で話を聞いた翌日、菊太郎、利助、それに八吉を連れて、浜町堀にかかる千鳥橋にむかった。八吉を同行させたのは、ひとりでも多くの捕方を

連れていきたかったからだ。

隼人たちは、捕物装束ではなかった。これまでと同じように、八丁堀の同心と知れないような格好をしている。

隼人は安造を捕らえたこともあって、日を置かずに桔梗屋にいるであろう木島を捕らえようと思った。茂次郎や柳瀬が客として来ていれば、一緒に捕らえることもできる。それに、日を置けば、木島たちは安造が捕らえられたことを知って、桔梗屋から姿を消すかもしれない。

隼人たちが千鳥橋のたもとで待っていると、天野が姿を見せた。天野は、小者《こもの》の与之助と、三十がらみと思われる男を連れていた。天野たちも、町方とは知れないような格好をしている。

天野は隼人に近付くと、

「御用聞きの元助《げんすけ》です。ちかごろ、おれに手を貸してくれるようになった男でしてね。繁田屋の件は、当初からかかわってなかったのでどうかと思ったが、賊のひとりでも縄をかけたいと言うので、連れてきたのです」

そう言って、苦笑いを浮かべた。天野の胸の内にも、捕方はひとりでも多い方がいいという思いがあるのだろう。

「元助です。お見知りおきを」

と、言って、隼人に深々と頭を下げた。

「長月だ。天野とは、長い付き合いでな。宜《よろ》しく頼む」

隼人が言った。

「どうです、桔梗屋の様子は」

天野が、声をあらためて訊いた。

「おれたちも、来たばかりでな。まだ、桔梗屋の様子を見ていないのだ」

「様子を見てきましょうか」

天野が言った。

「気付かれないようにな。おれたちは、ここで待っている」

隼人は、店の様子が分かるまで、大勢で行かない方がいいと思った。

「すぐ、もどります」

天野は、元助だけ連れてその場を離れた。天野の胸の内には、元助にも桔梗屋を見せておきたいという思いがあったのだろう。

隼人たちは通りの邪魔にならないように、浜町堀の岸際に立って、天野と元助がもどるのを待った。

それから、小半刻（三十分）もたたないうちに、蕎麦屋の脇の道から天野と元助が出てきた。ふたりは、小走りに、隼人たちの方に近付いてくる。

天野と元助は、隼人たちのそばに来ると、

「桔梗屋は、しまってます」

天野が息を弾ませて言った。

「店が、しまっているのか」

隼人が聞き返した。

「店先に暖簾が出ていなかったので、桔梗屋の店先まで、近付いてみたのです。……人はいるらしく、店の奥の方でかすかに物音が聞こえたのですが、客のいる様子はないのです」

天野が、昂《たかぶ》った声で言った。

「うむ……」

隼人は戸惑うような顔をしたが、

「安造が捕らえられたことを知って、店をしめたのではないかな」

と、その場にいる男たちに聞こえる声で言った。

「そうかもしれない」

天野が、ちいさくうなずいた。

「天野。店のなかに、だれかいるらしいと言ったな」

隼人が、念を押すように訊いた。

「店の奥で物音が、聞こえました」

「木島は、来ているかもしれんぞ」

隼人は、女将と木島は店にいるのではないかと思った。

「女将はいるはずですから、木島もいるかもしれません」

「もう一度、様子を見てみるか」

「行ってみましょう」

すぐに、天野もその気になった。

隼人たちは、その場にいる七人で桔梗屋に行くことにした。ただ、人目を引かないように、すこし間《ま》をとって歩くことになる。

隼人と天野が先にたち、菊太郎と手先たち四人は通行人を装い、ひとり、ふたりと分かれて歩いた。

隼人と天野は、通りの先に桔梗屋が見えてきたところで、さらに歩調を緩めた。天野が話したとおり、桔梗屋の店先に暖簾は出ていなかった。

隼人が先にたち、天野がすこし遅れて桔梗屋に近付いた。

桔梗屋の格子戸が、しまっていた。店内に客はいないらしく、話し声や物音は聞こえてこなかった。

隼人は格子戸に身を寄せ、耳を澄ました。天野は、隼人の脇に立っている。

……だれかいる！

隼人が胸の内で声を上げた。

店のなかから、男の話し声がかすかに聞こえた。くぐもった声で、話の内容までは聞き取れなかったが、ひとりは武家言葉だった。木島であろう。もうひとりは乱暴な物言いなので、遊び人かもしれない。

……女将も、いるようだ。

と、隼人は思った。女の声も、かすかに聞こえたのだ。

隼人が胸の内で、店に踏み込もう、と思ったときだった。

店内で、「女将、また来やす」という男の声がした。つづいて、「茂次郎、油断するなよ。どこに、町方の目が光っているか、分からんぞ」という声が聞こえた。武家言葉である。木島らしい。

すぐに、戸口に近付いてくる足音が聞こえた。茂次郎が、店から出てくるようだ。

「天野、身を隠せ」

隼人はそう言って、桔梗屋の脇に身を寄せた。

天野は、隼人の反対側にまわった。

五

桔梗屋の格子戸があいて、遊び人ふうの男がひとり姿を見せた。茂次郎である。

茂次郎は戸口から離れると、千鳥橋の方へ足をむけた。隼人たちには気付かず、肩を振るようにして歩いていく。

茂次郎が桔梗屋の戸口から離れたところで、隼人が茂次郎の前にまわり込んだ。すでに、刀を手にし、刀身を峰に返している。峰打ちに仕留めるつもりなのだ。

茂次郎は隼人を目にすると、ギョッとしたような顔をして立ち止まり、

「て、てめえは！」

と、声をつまらせて叫んだ。そして、反転して逃げようとした。

だが、その場から動かなかった。前から、抜き身を手にした天野が近付いてきたのだ。茂次郎は逃げ場を探して、周囲に目をやった。これを見た天野が、踏み込みざま刀身を横に払った。素早い動きである。

峰打ちが、茂次郎の腹をとらえた。

グワッ、という呻《うめ》き声を上げ、茂次郎は、手で腹を押さえて蹲《うずくま》った。

「動くな!」

天野が、茂次郎の喉元に切っ先をむけた。

隼人が、茂次郎の襟元をつかみ、「こっちへ来い」と言って、引き摺《ず》るようにして桔梗屋から離れた。桔梗屋にいる者に、見られたくなかったのだ。

天野が近付き、隼人とふたりがかりで、茂次郎を通り沿いにあった蕎麦屋の脇に連れ込んだ。

すぐに、後続の菊太郎や元助たちが集まってきて、茂次郎を取り囲んだ。そこは、蕎麦屋の陰になっていて、通りからは見えなかった。

「茂次郎。桔梗屋にいたのは、木島か」

隼人が訊いた。

茂次郎は戸惑うような顔をしたが、隠し切れないと思ったのか、

「そうで……」

と、首をすくめて言った。

「木島と一緒にいたのは、女将のおりきか」

隼人が訊くと、茂次郎は無言でうなずいた。

「おりきは、木島の情婦《いろ》だな」

「……」

茂次郎は、いっとき虚空《こくう》に目をむけて口をつぐんでいたが、

「木島の旦那は、おりきさんが気に入って、ちかごろは桔梗屋に泊まることが多いようですぜ」

と、薄笑いを浮かべて言った。

「茂次郎、桔梗屋には、柳瀬が来ることもあるな」

隼人が、声をあらためて訊いた。

「ありやす。木島の旦那は、柳瀬の旦那が以前ひらいていた剣術の道場で師範代をしていたことがあるんでさァ」

茂次郎は、隠さず話すようになった。隼人とやりとりをしているうちに、隠す気が薄れたようだ。

「その話は、聞いている」

隼人はそう言って、いっとき間を置いてから、

「ところで、茂次郎」

と、語気を強くして言った。

「……!」

茂次郎は、あらためて隼人を見た。

「おまえは、長屋に住んでるそうだな」

「へ、へい」

「その長屋は、頭目《とうもく》の駒蔵の塒《ねぐら》の近くと聞いたぞ」

隼人が、茂次郎を見据えて言った。

茂次郎は驚いたような顔をして隼人を見た後、

「よく、ご存じで」

と言って、首をすくめた。

「豊島町だそうだな」

「そうで」

「賭場の近くか」

「へい、あっしが住んでいるのは、庄兵衛店《しょうべえだな》でさァ。賭場の近くで、聞けばすぐに分かりやす」

茂次郎は隠さずに話した。

「庄兵衛店か」

隼人がつぶやくように言った後、

「天野、何かあったら訊いてくれ」

と、傍らに立っている天野に目をやって言った。

「いま、桔梗屋にいるのは、木島だな」

天野が念を押すように訊いた。

「そうでさァ」

「他に男は、いるのか」

「いやせん。女将と木島の旦那の、ふたりっきりでさァ」

天野が訊いた。

「桔梗屋だがな。表の他にも、出入り口があるのか」

「背戸がありやす。桔梗屋の脇から、裏手の背戸へ行くことができやす」

「そこから、逃げることもできるな」

天野はそう言って、身を引いた。

天野と隼人が口をつぐむと、

「あっしを逃がしてくだせえ。これに懲《こ》りて、悪いことはしやせん」

茂次郎が、上目遣いに隼人と天野を見て言った。

「帰せだと。おまえは、自分たちが何をしたかわかっていないのか。繁田屋に押し入り、番頭を殺し、大金を奪った盗賊だぞ。……獄門になっても、文句は言えまい」

隼人が語気を強くして言った。

「……！」

茂次郎の体が顫えだした。

六

隼人と天野は、菊太郎、八吉、与之助の三人に、茂次郎を監視しているように話し、利助と元助を連れて、ふたたび桔梗屋にむかった。

隼人たちには、まだやらねばならないことがあった。桔梗屋にいる木島を捕らえることである。ただ、木島が素直に町方の縄を受けるはずはないので、討ち取ることになるかもしれない。

隼人は、木島を討つのは、今しかないとみていた。木島は女将のおりきとふたりだけで、桔梗屋にいるはずである。

隼人たち四人は桔梗屋の入り口まで来ると、息を殺して聞き耳をたてた。

……いる！

隼人が、胸の内で声を上げた。

店のなかで、かすかに男と女の声がした。ふたりは、酒でも飲んでいるのか、瀬戸物の触れ合うようなかすかな音がする。「おまえさん」と呼ぶ、鼻にかかったような女の声も聞こえた。

「天野、元助を連れて裏手にまわってくれ。女将か、木島か、どちらかが背戸から逃げようとするかもしれん」

隼人が声をひそめて言った。

「承知」

天野は、元助を連れて桔梗屋の脇を通って裏手にむかった。

「利助、踏み込むぞ」

隼人が言うと、利助は十手を手にし、

「いよいよ木島をお縄にするときが来やした」

と、目をひからせて言った。

「うむ……」

隼人は、無言だった。木島が、縄を受けることはないとみていた。斬るしかないだろう。隼人は格子戸をあけた。

店のなかは、薄暗かった。狭い土間があり、その先が小上がりになっていた。小上がりの先に、座敷があった。その座敷に、年増《としま》と武士がいた。武士が木島らしい。年増は女将のおりきであろう。おりきは、色白でなかなかの美人だった。ふたりは、差し向かいで酒を飲んでいた。

「木島、観念しろ！」

隼人が声をかけた。

「八丁堀か！」

木島が、傍らに置いてあった大刀を手にして立ち上がった。

「お、おまえさん、この男《ひと》は」

おりきが、声を震わせて訊いた。

「八丁堀の犬どもだ。おれが、ここにいるのを嗅ぎ付けて、踏み込んできたらしい」

木島は、素早く大刀を腰に帯びた。

「に、逃げておくれ」

おりきが、木島の小袖《こそで》の裾《すそ》をつかんで言った。

そのとき、裏手でかすかに足音がした。天野と元助が、桔梗屋の背戸の近くに来たらしい。

「逃げられぬ。こやつらの仲間が、裏手にもまわっているようだ。……おりき、ここにいろ。こいつらを、始末してもどる」

木島は、ゆっくりとした足取りで土間にむかった。おりきは身を顫わせて、木島の後ろ姿を見つめている。

利助が先に、土間から外に飛び出した。隼人は、木島に体をむけたまま利助につづいて外に出た。

隼人は桔梗屋の戸口から、四、五間離れたところまで出て立ち止まり、木島が姿を見せるのを待った。

木島は戸口から出ると、隼人に近付いて対峙《たいじ》した。刀の柄《つか》に右手を添え、抜刀体勢をとっている。

「いくぞ！」

隼人が声をかけ、刀を抜いた。

木島も抜刀し、切っ先を隼人にむけた。

ふたりの間合は、およそ三間半――。真剣勝負の立ち合いの間合としても、すこし遠い。隼人は青眼《せいがん》に構え、木島は八相《はっそう》の構えをとっている。

近くにいた通行人たちが、刀を手にして向かい合っている隼人と木島を見て、悲鳴を上げて逃げ散った。

利助は十手を手にし、木島の背後にまわり込んだ。木島の逃げ場を塞いだのである。

「木島、うぬらの悪事は、明らかだ。……すでに、安造と茂次郎を捕らえて、話を聞いている」

隼人が、木島を見据えて言った。

「やはり、おぬしらだったか」

「木島、観念しろ！」

隼人が語気を強くして言った。

「おれが、おまえを始末してやる」

木島は、摺り足で隼人との間合を狭め始めた。

対する隼人は青眼に構え、切っ先を木島の目にむけている。腰の据わった隙《すき》のない構えである。

木島は、ジリジリと間合を狭めてきた。

一足一刀の斬撃の間合まで、半間ほどに迫ったとき、ふいに木島の寄り身がとまった。このまま斬撃の間境《まざかい》を越えるのは、危険だと察知したのかもしれない。

木島は全身に斬撃の気配を見せ、
イヤアッ！

と、裂帛《れっぱく》の気合を発した。気合で、隼人の構えを崩そうとしたのだ。

だが、気合を発したことで、木島の体に力が入り、一瞬、構えが崩れた。この一瞬の隙を隼人がとらえた。

隼人は踏み込み、
タアッ！

と、鋭い気合を発して、斬り込んだ。素早い動きである。

青眼から袈裟《けさ》へ——。稲妻のような閃光《せんこう》がはしった。

咄嗟に、木島は隼人の斬撃を躱《かわ》そうとして身を引いたが、一瞬遅れた。

隼人の切っ先が、木島の肩から胸にかけて、斬り裂いた。小袖が裂け、あらわになった木島の胸から、血が噴いた。

木島はさらに身を引き、隼人との間合をとると、ふたたび八相に構えた。だが、構えは崩れ、刀身が揺れていた。胸からの出血は上半身を真っ赤に染め、なおも傷口から流れ出している。

「木島、勝負あったぞ。刀を引け！」

隼人が声をかけた。

「まだだ！」

叫びざま、木島がいきなり仕掛けてきた。

踏み込みざま、八相から袈裟へ——。

だが、木島の斬撃は、迅《はや》さも鋭さもなかった。

隼人は青眼に構えた刀身を横に払って、木島の刀身を弾《はじ》き、二の太刀《たち》をふたたび袈裟に斬り込んだ。

切っ先が、木島の首から胸にかけて斬り裂いた。

木島の首から、血が激しく飛び散った。首の血管《ちくだ》を斬ったらしい。

木島は血を撒《ま》きながらよろめき、足がとまると、腰から崩れるように倒れた。

地面に俯《うつぶ》せに倒れた木島は、四肢を動かしていたが、首を擡《もた》げることもできなかった。いっときすると、木島は動かなくなった。呻き声も聞こえない。

隼人は血刀を引っ提げたまま、木島の脇に立ち、

「死んだ」

と、つぶやいて、手にした刀に血振るいをくれた。

隼人のそばに利助が走り寄り、

「やっぱり、長月の旦那は強《つえ》えや」

と、感嘆の声を上げた。

七

「おまえさん！」

という悲鳴のような女の声が、桔梗屋の方で聞こえた。

隼人と利助が振り返ると、桔梗屋の入り口におりきの姿があった。おりきは、気合と刀身の弾き合う音を聞いて、桔梗屋から出てきたようだ。そのおりきの背後に、天野と元助の姿があった。

隼人は、おりきが天野たちに促されて店内にもどるのを待って、

「利助、手を貸せ」

と、声をかけた。

隼人は、人が行き来する通りに、木島の死体を放置できないので、せめて桔梗屋の脇まで運んでおこうと思ったのだ。

隼人は利助の手を借りて、木島の死体を桔梗屋の脇まで運ぶと、桔梗屋の入り口からなかに入った。

土間の先に、おりきの姿があった。小上がりの框《かまち》近くに座している。おりきのそばに、天野と元助の姿があった。ふたりは背戸から入り、店のなかまで来たのだろう。おりきは、青褪《あおざ》めた顔で今にも泣きそうになっている。

「長月さん、どうしました」

天野が訊いた。

「始末がついた」

隼人は、おりきが近くにいたので、斬り殺したとは言わなかった。ただ、おりきは倒れている木島の姿を目にしているので、気付いているかもしれない。

「それは、よかった」

天野が、ほっとしたような顔をした。

「おりき。木島は何者か知っているか」

隼人は、木島が自分のことをおりきにどう話していたのか、知りたかった。まさか、盗賊とは口にしなかっただろう。

「お旗本の次男だそうです」

おりきが、小声で言った。声が震えている。

「そうか」

隼人は、それ以上訊かなかった。木島にすれば、自分が盗賊のひとりであることは口にはできなかったようだ。

「木島さまは、無事ですか」

おりきが、縋《すが》るような目をして隼人に訊いた。まだ、死んだとは思っていないのかもしれない。

隼人は、戸惑うような顔をして黙っていたが、

「死んだよ」

と、小声で言った。どうせすぐ知れることだし、ごまかすのはやめようと思ったのだ。

「……！」

おりきの顔から血の気が引き、体が顫えだした。

「木島は武士らしく、潔く死んだのだ。……後で葬ってやるのだな」

隼人はそう言って、立ち上がった。これ以上、桔梗屋にとどまる必要はなかったのだ。

隼人たちは桔梗屋から出ると、千鳥橋の方に足をむけた。陽《ひ》は西の空にまわっていたが、まだ沈むまでには間がある。

「どうだ、豊島町にまわらないか」

隼人が言った。

「駒蔵ですかい」

利助が訊いた。

「そうだ。今日は、駒蔵の塒《ねぐら》を突き止めるだけでいい」

隼人が言った。駒蔵は、賭場の近くにある仕舞屋で女を囲っていると聞いていた。これから行っても、その仕舞屋を突き止めることができるだろう。

「行きやしょう」

利助が言うと、菊太郎と天野がうなずいた。

隼人と天野が先にたち、利助たち五人は後につづいた。七人もでかたまって歩いていると人目につくのだ。

隼人たちは、浜町堀沿いの道を北に向かい、豊島町三丁目に入った。すでに、隼人たちは、賭場のある場所を知っていた。

隼人たちが、三丁目に入っていっとき歩くと、

「そこの八百屋の脇を入《へえ》った先ですぜ」

利助が、八百屋の脇の道を指差して言った。

利助が先にたち、八百屋の脇の道に入った。そして、二町ほど歩くと、利助は路傍に足をとめ、

「賭場は、そこの板塀をめぐらせた家でさァ」

と、言って、通りからすこしなかに入ったところにある家を指差した。

「今日は、賭場はひらかないようだ。賭場の貸元をしている権兵衛は、繁田屋に押し入った男たちが、おれたちに捕らえられたのを知って、用心しているのかもしれん」

隼人が言った。

「あっしも、そんな気がしやす」

八吉が、賭場を見つめながら言った。

「どうしやす」

利助が訊いた。

「今日は、賭場のことで来たのではない。駒蔵が身を潜めている情婦《いろ》の家を突き止めるためだ。……まず、庄兵衛店を探してくれ」

隼人が言った。茂次郎から、駒蔵の住む家は長屋の庄兵衛店の近くにあると聞いていたのだ。

隼人たちは、いっときしたらこの場にもどることにして分かれた。

ひとりになった隼人は、近所に住む者に訊いた方が早いとみて、通り沿いにあった下駄屋《げたや》に足をむけた。

客の姿はなく、店の親爺《おやじ》らしい男が、台の上に置かれた下駄を並べ替えていた。

隼人は親爺に近寄り、

「訊きたいことがある」

と、声をかけた。

親爺は驚いたような顔をし、

「何でしょうか」

と、腰をかがめて訊いた。いきなり、武士に声をかけられて、驚いたのだろう。

「近くに、長屋があると聞いてきたのだがな。庄兵衛店だ」

隼人は、庄兵衛店の名を出して訊いた。

「庄兵衛店なら、すぐ近くですぜ」

親爺が、半町ほど行くと、左手に入る細い道があり、その道の突き当たりに長屋があると話した。

「大きい声では言えぬが、庄兵衛店の近くに情婦《いろ》を囲った家があると聞いてな。おれの馴染《なじ》みの女らしいので来てみたのだ」

と、咄嗟に頭に浮かんだことを口にした。

「そうですかい。行けば分かりやすよ」

親爺が、薄笑いを浮かべて言った。何か、よからぬことを想像したらしい。

隼人は下駄屋の店先から離れ、半町ほど歩いた。すると、通りの左手に細い道があった。その道の先に、長屋がある。

隼人は細い道を入り、道沿いに板塀をめぐらせた仕舞屋があるのを目にとめた。

……あの家か！

隼人が、胸の内で声を上げた。妾宅《しょうたく》らしいこざっぱりした家である。

利助と八吉がいる。隼人が近付くと、足音を耳にしたらしく、小走りに近付いてきた。

「あれが、駒蔵の情婦の家か」

隼人が、声をひそめて訊いた。

「そうでさァ」

利助が言った。

「駒蔵は、来ているか」

隼人が、妾宅に目をやって訊いた。

「女しかいねえようですぜ」

脇から、八吉が言った。八吉によると、家のなかから聞こえたのは、障子を開け閉めする音と、床板の上を歩くような足音だけだったという。

「駒蔵は、出かけているのかもしれん」

隼人は利助と八吉に目をやり、

「今日のところは、帰るか」

と、声をひそめて言った。

隼人たちの今日の目的は、駒蔵が妾《めかけ》を囲っている家をつきとめることだった。駒蔵がいなければ、明日出直すつもりでいた。それに、今日はだいぶ遅くなっている。

隼人たちは、天野たちと分かれた場にもどった。天野、菊太郎、元助、それに与之助の姿があった。

「駒蔵の妾の住む家は、見つかりませんでした」

天野が、肩を落として言った。

「妾の家はあった。だが、駒蔵はいないようだ。いずれにしろ、明日にしよう。今日は遅いし、暗くなってから駒蔵を押さえても、吟味する場もないからな」

隼人は、大番屋へ連れていって話を聞くことはできないだろうと思った。何とか、暗くなる前に八丁堀に帰りたいが、無理なようだ。

「帰りますか」

天野が言った。

「そうしよう」

隼人たちは、その場を離れた。

第五章　尋問

一

　桔梗屋で木島を討ち取った翌日、隼人は菊太郎を連れて八丁堀を出た。むかった先は、豊島町である。駒蔵の妾《めかけ》の住む家に行って、駒蔵を捕らえるのだ。

　隼人たちが日本橋川にかかる江戸橋のたもとまで来ると、天野、与之助、元助の三人の姿があった。隼人たちを待っていたようだ。

「行くか」

　隼人が声をかけた。

　隼人たちは江戸橋を渡り、内堀沿いの道を北にむかった。そして、内堀にかかる道《どう》浄橋《じょうばし》を渡ったところで、利助が待っていた。今日は、八吉の姿がなかった。昨日、隼人が豊島町から帰るとき、

「明日は、駒蔵を捕らえるだけなので、八吉は豆菊にいてくれ」

と、八吉に話したのだ。

隼人は、ここ連日、八吉と利助が捕物にくわわり、豆菊をしめることもあると知っていた。八吉も、店のことが気掛かりだったはずだ。

「明日は、店の手伝いをしやす」

八吉が言った。

そうしたやりとりがあって、今日は、八吉が来ていないのだ。

隼人たち六人は、奥州街道に出ると東にむかい、浜町堀沿いの通りに出た。そして、北にむかい、豊島町三丁目に入った。その道は、何度か行き来したことがあるので、道筋は分かっていた。

隼人たちは、昨日も通った八百屋の脇の道に入り、賭場《とば》の近くを通って庄兵衛店《だな》のそばにある板塀をめぐらせた家の近くまで来た。その家に、駒蔵の情婦《いろ》が住んでいるのだ。隼人たちは路傍に足をとめ、妾宅《しょうたく》に目をやった。家の入り口の板戸は、しまっている。隼人たちのいる場からだと、人声も物音も聞こえない。

「駒蔵はいるかな」

隼人が言った。

「あっしが、様子をみてきやしょうか」

利助が身を乗り出して言った。

「気付かれるな」

「へい」

利助は、その場を離れた。

利助は通行人を装い、物陰に身を隠すこともなく、仕舞屋《しもたや》に近付いていく。利助は仕舞屋の前まで来ると、すこし歩調を緩めたが、足をとめることもなくそのまま通り過ぎ、すこし離れた所で、足をとめた。そして、踵《きびす》を返し、隼人たちのいる場にもどってきた。

利助は隼人たちに近付くと、

「家のなかに、ふたりいやす」

と、目をひからせて言った。

利助によると、家のなかから話し声が聞こえたそうだ。話しているのは男と女で、男の物言いは町人らしかったという。

「男は、駒蔵だな」

隼人が言った。情婦《いろ》が、別の男を家に引き込んで話しているとは思えなかったのだ。

「駒蔵を捕らえますか」

天野が、身を乗り出して言った。その場にいた利助たちも、その気になっている。

「捕らえよう。騒ぎたてないように、女も押さえる」

隼人が、男たちに目をやって言った。

隼人は、男たちを二手に分けた。家の表から踏み込む者と、裏手を固める者に分かれるのだ。

隼人、菊太郎、利助の三人が表から踏み込み、天野、与之助、元助の三人が裏手にまわることになった。

「捕らえたら、家の外に連れ出さずに、なかで話を聞くつもりだ」

隼人が、その場にいる男たちに目をやって言った。隼人は捕らえた駒蔵から、まだ盗賊一味で残っている柳瀬の居所、それに賭場の貸元をしている権兵衛のことなどを聞き出したかったのだ。

「先に、裏手にまわります」

天野はそう言い残し、与之助と元助を連れて、その場を離れた。

隼人たち三人は天野たちからすこし間《ま》をおいて、妾宅にむかった。

天野たちは妾宅の近くまで来ると、足音を忍ばせて、家の脇を通って裏手にむかった。隼人たちも足音を忍ばせ、家の出入り口の板戸に身を寄せた。

家のなかで、話し声が聞こえた。男と女の声である。女の声には、鼻にかかった甘えるようなひびきがあった。男は年配らしい物言いをした。

ふたりのやりとりから、女の名はおつねであることが知れた。おつねは、男を「おまえさん」と呼んでいたので、男が駒蔵かははっきりしないが、まず間違いないだろう。

「踏み込むぞ」

隼人が、声を殺して言った。

隼人は、表の板戸を引いた。鍵や心張り棒はかってなかったらしく、重い音をたててひらいた。

土間の先に狭い板間があり、その先が座敷になっていた。座敷に年増《としま》と、大柄な男がいた。男は四十代半ばであろうか。眉の濃い、眼光の鋭い男である。

「駒蔵、神妙にしろ！」

隼人が、語気を強くして言った。すると、脇にいた利助が十手をむけ、「御用だ！」と、声を上げた。一緒に踏み込んできた菊太郎も、十手をむけている。

「てめえたちは、町方か！」

やはり男は駒蔵であった。

駒蔵は叫びざま立ち上がり、座敷の隅にあった神棚に手を伸ばした。そして、匕首《あいくち》を摑《つか》んだ。

座敷にいた年増が、おつねであろう。駒蔵が匕首を手にしたのを見ると、ヒイイッ、と喉を裂くような悲鳴を上げ、這《は》って座敷の隅に逃げた。

「駒蔵、悪足《わるあ》搔《が》きはよせ」

隼人は座敷に踏み込み、刀を抜いた。そして、刀身を峰《みね》に返した。隼人は、駒蔵を生きたまま捕らえるつもりだった。

「殺してやる！」

駒蔵は、匕首を手にして身構えた。目をつり上げ、歯を剝《む》き出している。牙《きば》を剝いた獣のようだ。

隼人は、刀を脇構えにとった。正面に隙《すき》をみせて、駒蔵に踏み込んでこさせるためである。

隼人は、ジリジリと駒蔵との間合をつめていく。

駒蔵は匕首を手にしたまま後ずさりしたが、背後に障子が迫ると、

「死ね！」

叫びざま、匕首を前に突き出すように構えてつっ込んできた。

隼人は、右手に体を寄せざま刀身を横に払った。一瞬の体捌《たいさば》きである。駒蔵の匕首は空を突き、隼人の峰打ちは駒蔵の腹をとらえた。

駒蔵は、グッという喉のつまったような呻《うめ》き声を上げて前に泳いだが、足をとめると、その場にうずくまった。

「動くな！」

隼人は声を上げ、駒蔵の首に切っ先をむけた。

そこへ、利助と菊太郎が踏み込んできて駒蔵を押さえた。

二

隼人は、家の裏手から入ってきた天野たちにも手伝わせ、駒蔵を後ろ手に縛った。そして、座敷のなかほどに座らせた。駒蔵から話を聞くためである。

「女は、どうしやす」

利助が、座敷の隅で顫《ふる》えているおつねに目をやって訊《き》いた。

「後で、女に訊くこともあるかもしれん。奥の座敷に連れてってくれ」

隼人が言った。

「承知しやした」

利助は、そばにいた元助にも手伝ってもらい、おつねを後ろ手に縛ってから、隣の部屋に連れていった。

隼人は利助と元助がもどるのを待ってから、

「駒蔵、繁田屋に押し入った賊のひとりだな」

と、念を押すように訊いた。

「し、知らねえ。繁田屋なんて、行ったこともねえ」

駒蔵は、声をつまらせて言った。

「しらを切っても無駄だ。先に捕らえた安造と茂次郎が、隠さずに話してくれてな。口書《くちがき》もとってある」

「……！」

駒蔵の顔から血の気が引き、体の顫えが激しくなった。

「繁田屋に押し入ったな」

隼人が、語気を強くして訊いた。

駒蔵は、何も言わなかった。虚空《こくう》を睨《にら》むように見据えている。

「繁田屋に押し入った五人のうち、安造と茂次郎は捕らえ、木島は討ち取った。こうしておまえを押さえたのでな。残るのは、柳瀬ひとりだ」

隼人はそう言って、間をとった後、

「柳瀬は、どこにいる」

と、駒蔵を見つめて訊いた。

駒蔵は戸惑うような顔をして虚空に目をむけていたが、隠しきれないと思ったのか、

「剣術道場の近くでさァ」

と、小声で言った。

「道場の裏手にある母屋か」

隼人が母屋を口にすると、駒蔵は驚いたような顔をした。町方が、道場の裏手にある母屋までつかんでいるとは思わなかったのだろう。

「そうで……」

駒蔵が言った。

「柳瀬ひとりか」

「ひとりかどうかは、あっしには分からねえ」

駒蔵は首を傾《かし》げた。

隼人は母屋に行ってみれば、すぐに分かると思い、

「ところで、賭場の貸元をしている権兵衛とは、どうして繋《つな》がったのだ」

と、矛先を変えて訊いた。

「博奕《ばくち》でさァ」

駒蔵は隠さずに話しだした。

駒蔵によると、柳瀬は郷士、木島は旗本の家に生まれたが、どちらの家も貧しかったらしく、ときおり賭場に出かけてきては、小遣い稼ぎをしていたという。そうしたおり、賭場で負けが込んだ牢人《ろうにん》が、「いかさまだ！」と叫んで、暴れだしたそうだ。するると、賭場に居合わせた柳瀬が、牢人を外に連れだし、峰打ちで仕留めた。これを見た権兵衛は、柳瀬と木島を料理屋に誘い、酒を飲みながら話し、ふたりに賭場の用心棒を頼むことになったという。

「用心棒といっても、賭場で騒ぎがあったり、権兵衛が出かけるときに、一緒に来てくれと頼んだだけでさァ」

駒蔵が言い添えた。

「それで、柳瀬たちは、賭場に頻繁に出入りするようになったのか」

隼人が言った。

「行かねえ日もあったようだが、柳瀬の旦那たちが顔を出すようになってから、賭場で騒ぎが起こることは、すくなくなったようで」

「そうか」

　隼人はいっとき口をつぐんでいたが、

「ところで、権兵衛は、いまどこにいるのだ」

と、駒蔵を見据えて訊いた。

「亀井町と聞いてやす」

「亀井町のどこだ」

　すでに、隼人は、権兵衛の塒《ねぐら》が亀井町にあると聞いていたが、亀井町と分かっただけでは探すのが難しい。

「小伝馬上町の近くのようで」

「近くに、何か目印になるような物はないのか」

　隼人は、権兵衛の塒が小伝馬上町の近くにあることも知っていた。

「板塀をめぐらせた大きな家で、近くに太い松の木がありやす。それを目印にすれば分かりまさァ」

　駒蔵が言った。

　隼人は、いっとき間を置いた後、

「天野、何かあったら訊いてくれ」

と、声をかけた。

「権兵衛の住む家にも、子分たちがいるのか」

天野が訊いた。

「いやす」

駒蔵はすぐに言った。隼人と話しているうちに、隠す気が薄れたようだ。

「何人ほどだ」

「いつも、五、六人は、寝泊まりしてまさァ」

「武士もいるのか」

「吉沢《よしざわ》ってえ用心棒が、権兵衛親分の家で寝泊まりしてるはずで」

「武士は、ひとりか」

そう言って、天野は身を引いた。

隼人と天野が駒蔵の前から身を引くと、

「あっしの知ってることは、みんな話しやした。あっしを帰《けえ》してくだせえ」

駒蔵が、隼人たちに目をやって言った。

「帰せだと。……駒蔵、おまえは、繁田屋に押し入った賊の親分格だぞ。首がいくつあっても、足りない男だ」

隼人が、語気を強くして言った。

「おつねは、どうしやす」

利助が訊いた。

「おつねまで、連れていくことはあるまい。利助、おつねの縄を解いてやれ」

隼人は、おつねも、この家にとどまることはないだろう、とみた。

その日、隼人たちは駒蔵を連れて八丁堀にもどると、捕らえた駒蔵を南茅場町にある大番屋の牢《ろう》に入れた。駒蔵は獄門を免れないだろうが、処罰は吟味《ぎんみ》にあたる与力《よりき》が決めるはずだ。

三

翌朝、隼人、菊太郎、利助、天野、与之助、元助の六人は、小伝馬町にむかった。柳瀬が小伝馬町にある剣術道場の裏手の母屋にもどっているらしいので、捕らえるつもりだった。ただ、柳瀬は馬庭念流《まにわねんりゅう》の遣い手なので、無傷で捕らえるのは難しいだろう。

隼人は柳瀬と剣で勝負するつもりだったが、天野や利助たちの手を借りることになるかもしれない。

隼人たちは八丁堀を出ると、江戸橋を渡り、内堀沿いの道を北にむかった。さらに、奥州街道を東にむかって歩いてから、小伝馬町につづく道に入った。そして、小伝馬町の表通りを経て、道場から半町ほどのところまで来て足をとめた。

「道場だが、普請を始める様子はないな」

隼人が、道場に目をやって言った。道場は前に見たときと何も変わっていなかった。脇の板壁が所々剝《は》げて、板が垂れ下がっている。

「道場には、だれもいないようです」

菊太郎が言った。

道場からは、話し声も物音も聞こえなかった。

「おれが、様子を見てきます」

菊太郎はそう言い残し、小走りに道場にむかった。

隼人たちは人目を引かないように、通り沿いで枝葉を繁《しげ》らせていた樫《かし》の樹陰に身を隠した。

菊太郎は通行人を装って道場の近くまで行くと、すこし歩調を緩めただけでそのまま通り過ぎた。そして、いっとき歩いてから、反転して帰ってきた。近くに、柳瀬がいても不審を抱かせないように気を遣ったらしい。菊太郎も少しずつ場数を踏んで、現場に慣れてきたようだ。

菊太郎は隼人たちのそばにもどるなり、

「道場には、だれもいません」

と、断定するように言った。

「そうか。……おれが、道場の裏手の母屋を覗《のぞ》いてくる」

隼人が言った。うまくすれば、柳瀬は帰っているかもしれない。

「おれたちも、行きます」

天野が言うと、菊太郎や利助も行くと言い出した。

「いや、母屋を覗いてくるだけだ。……柳瀬がいれば、天野たちにも手を貸してもらうかもしれん」

隼人はそう言い残し、ひとりで道場にむかった。

道場の近くまで来ると、路傍に足をとめ、あらためて道場に目をやった。道場に、人が出入りした様子はなかった。

隼人は、道場の脇から裏手にむかった。一度来たことがあるので、裏手のことも分かっていた。

隼人は道場の裏手まで来ると、母屋に目をやった。母屋も、以前来たときと変わりなかった。出入り口の板戸は、しまっているようだ。

隼人は、母屋の前の庭に植えられた庭木の樹陰に身を隠し、母屋の様子を窺《うかが》ったが、人のいる気配はなかった。

隼人は足音を忍ばせて、母屋の戸口に近付いた。そして、戸口から二間ほどのところまで来たとき、板戸がわずかにあいていることに気付いた。

……だれか、いるのか！

隼人は、胸の内で声を上げた。

だが、家のなかから、物音も人声も聞こえなかった。人のいる気配もない。やはり、柳瀬は出かけているようだ。

隼人は天野たちのいる場にもどり、

「柳瀬は道場の裏手の母屋に、もどってはいないようだ」

と言ってから、母屋の様子を話した。

「柳瀬が帰るのを待ちやすか」

利助が、意気込んで言った。

「どうせ待つなら、近所で聞き込んでみないか。柳瀬の様子が、知れるはずだ」

隼人は、近所の住人なら、柳瀬のことを知っているのではないかと思った。

「おれたちが、聞き込みをしているときに、柳瀬が帰ってくることもある。柳瀬の目にとまらないように、聞き込みに当たってくれ」

隼人はそう言い、半刻（一時間）ほどしたら、この場に戻ることにして利助たちと分かれた。

隼人は菊太郎を連れ、ふたたび道場の前を通り、半町ほど離れてから話の聞けそうな店を探した。道場の先なら、帰ってきた柳瀬の目にとまらない、と踏んだのだ。

「父上、あの八百屋は、どうです」

菊太郎が、通り沿いにある八百屋を指差して言った。

八百屋の店先に親爺《おやじ》がいて、子供連れの母親らしい女と話していた。女は青菜を手にしていた。野菜を買いに来て、話し込んでいるらしい。

隼人と菊太郎が近付くと、女は「また、来るね」と親爺に声をかけ、子供の手を引いて、その場を離れた。

隼人が親爺に近付き、

「訊きたいことがある。手間は、とらせぬ」

と、声をかけた。菊太郎は隼人のそばに立って、親爺に目をやっている。

「な、何です」

親爺が、声を詰まらせて訊いた。ふたりの武士を前にして、緊張しているらしい。

「そこに、剣術道場があるな」

隼人が道場を指差して言った。

「ありやす」

「何年か前に、道場主の柳瀬どのに世話になったことがあって、訪ねてきたのだが、留守のようだ。……どこに、出かけたか知っているか」

隼人が、もっともらしく訊いた。

「知りませんねえ。柳瀬さまは、よく出かけるようですが、日が暮れる前には、帰れるようですよ」

親爺はそう言って、店のなかに戻りたいような素振りを見せた。

「日暮れ前にもどるなら、しばらく待ってみるか」

隼人はそう小声で呟《つぶや》いて、菊太郎と供に店先を離れた。

四

隼人と菊太郎が集まる場所にもどると、天野や利助たちが待っていた。

隼人は天野たちと顔を合わせると、

「柳瀬は、やはり母屋に住んでいる。日が暮れる前に帰るようだ」

と、八百屋の親爺から聞いたことを話した。

「あっしも、柳瀬は暗くなる前に帰ると聞きやした」

と、元助が身を乗り出して言った。

すると、その場にいた天野が、「それがしも、聞いた」と小声で言った。他の男たちは、うなずいただけで黙っている。

「どうします」

天野が訊いた。

「せっかく、ここまで足を延ばしてきたのだ。長丁場になるが、柳瀬が姿を見せるまで、待つか」

隼人は天野たちに、それぞれ近所で腹拵《はらごしら》えをしてくるように話してから、菊太郎を連れてその場を離れた。人数が多いので、連れていくのは菊太郎ひとりにしたのだ。

隼人と菊太郎は、近くにあった一膳めし屋に入った。そして、酒を飲まずに腹拵えだけし、ゆっくり茶を飲んでから店を出た。まだ、陽は西の空にあった。日暮れまでには、一刻(二時間)ほどあるだろう。

先ほどの場所に、天野と与之助の姿があった。

「柳瀬は、姿を見せなかったか」

隼人が念のために訊いた。

「まだです」

天野が、母屋の方に目をやって言った。

それからいっときすると、利助と元助が慌てた様子でもどってきた。先に、隼人と天野が帰っていたからだろう。

「遅れちまって、申し訳ねえ」

利助が、首をすくめて言った。脇に立っている元助は、隼人と天野に頭を下げている。

「気にするな。まだ、日暮れ前だ」

隼人が、苦笑いを浮かべて言った。

隼人たちは道場の裏手にまわり、母屋の前で枝葉を茂らせていた庭木の陰に身を隠した。そこで、柳瀬が姿をあらわすのを待つのである。

半刻（一時間）ほど経《た》ったろうか。陽が庭木の葉叢《はむら》の向こうに沈み、辺りに淡い夕闇が忍び寄ってきたころ、

「来やす！　柳瀬が」

利助が声を上げた。利助は、道場の方に目をやっている。

見ると、柳瀬が道場の脇を通って、母屋の方に歩いてくる。柳瀬は小袖《こそで》に袴《はかま》姿で、二刀を帯びていた。連れはなく、ひとりである。

柳瀬が母屋の戸口に立ったとき、隼人は庭の樹陰から出て、戸口に足をむけた。天野や利助たちは、庭の樹陰に身を隠している。

隼人は菊太郎に、「柳瀬とは、剣の勝負をするつもりだ。しっかり見ておけよ」と言い置いた。天野や利助たちにも「様子を見ててくれ」と話してあったのだ。

戸口にいた柳瀬が、振り返った。近付いてくる隼人の足音を耳にしたらしい。

「長月か！」

柳瀬が、叫んだ。

「柳瀬、待っていたぞ」

隼人は、刀の柄《つか》に右手を添え、抜刀体勢をとった。

「おのれ！　待ち伏せか」

そう言って、柳瀬は周囲に目をやった。他にも町方が身を潜めていると警戒したのかもしれない。

このとき、天野たちは樹陰にいたが、辺りが薄暗かったこともあり、気付かれなかったようだ。

「柳瀬、勝負！」

隼人が抜刀した。

「今日こそ、うぬを斬る」

言いざま、柳瀬も刀を抜いた。

隼人と柳瀬の間合は、およそ二間――。真剣勝負の立ち合いの間合としては近いが、家の前には庭木が植えてあり、広くとることができないのだ。

隼人は青眼《せいがん》に構え、切っ先を柳瀬の目にむけていた。

柳瀬は右足を前に出し、右肩の上に刀を構えた。馬庭念流独特の構えである。

……遣い手だ！

と、隼人は胸の内で思った。

柳瀬独特の構えには、隙がなく、上から覆いかぶさってくるような威圧感があった。それに、体に硬さがなく、真剣勝負で人を斬った者だけが持つ凄《すご》みがあった。

柳瀬の顔にも、驚きの色があった。隼人の構えに隙がないだけでなく、真剣勝負のおりの硬さがなかったからだろう。

「おぬし、何流を遣う」

柳瀬が訊いた。

「直心影流《じきしんかげりゅう》」

隼人は己の流派を名乗ったが、柳瀬には訊かなかった。馬庭念流と知っていたからだ。

「できるな」

柳瀬が、つぶやくような声で言った。

隼人と柳瀬は、青眼と馬庭念流の構えをとったまま対峙《たいじ》していたが、先《せん》をとったのは柳瀬だった。

「行くぞ！」

柳瀬が声をかけ、足裏を擦《す》るようにしてジリジリと間合を狭めてきた。

対する隼人は、動かなかった。青眼に構えたまま、ふたりの間合と柳瀬の気の動きを読んでいる。

……斬り込む間合まで、半間──。

隼人が、そう読んだとき、ふいに柳瀬の寄り身がとまった。一足一刀の斬撃の間境《まざかい》に近付いても、まったく動じない隼人を見て、このまま踏み込むと、斬られると察知したにちがいない。

柳瀬は全身に気勢を漲《みなぎ》らせ、
イヤアッ！

と、裂帛《れっぱく》の気合を発した。隼人の構えをくずそうとしたのだ。

だが、気合を発したことで、柳瀬の構えがわずかにくずれた。この一瞬の隙を、隼人がとらえた。

タアッ！

鋭い気合を発し、一歩踏み込みざま、青眼から柳瀬の喉元を狙い、切っ先を突き出した。突きと見せた誘いである。

この誘いに、柳瀬が反応した。

トオッ！

柳瀬がまたもや裂帛の気合を発し、右肩の上にとった構えから斬り込んできた。

踏み込みざま真っ向へ——。

柳瀬の切っ先が、隼人の頭上に振り下ろされた。刹那《せつな》、隼人は身を引きざま、刀身を袈裟《けさ》に払った。一瞬の太刀捌《たちさば》きである。

柳瀬の切っ先は、隼人の鼻先をかすめて空を切り、隼人の切っ先は、前に伸びた柳瀬の右の前腕《ぜんわん》をとらえた。

バサリ、と柳瀬の前腕の袖が裂けた。だが、傷を負わせるまではいかなかったようだ。

次の瞬間、柳瀬は後ろに跳んだ。素早い動きである。

一方、隼人も後ろに大きく跳んで、柳瀬との間合をとった。柳瀬の二の太刀を受けないためである。

ふたりは、大きく間合をとってふたたび対峙した。

そのとき、柳瀬は隼人の背後に目をやり、

「大勢で、待ち伏せか！」

と、叫んだ。樹陰に身を隠している菊太郎や天野たちを目にしたようだ。

「そこの者たちは、おぬしを逃がさないように見張っているのだ。勝負に手は出さん」

隼人はそう言い、構えを青眼にとって切っ先を柳瀬の喉元につけた。

「おのれ！」

柳瀬が声を上げ、今度は体中剣《たいちゅうけん》に構えた。念流の体中剣と呼ばれる構えは、青眼とほぼ同じである。そして、柳瀬は、切っ先を隼人にむけると、つつッ、と後ろに下がった。そして、隼人との間があくと、反転して駆け出した。逃げたのである。

一瞬、隼人は、その場に棒立ちになった。柳瀬が逃げ出すなどとは思ってもみなかったので、反応が遅れたのだ。

柳瀬が家の脇まで行ったとき、裏手から逃げようとしていることに隼人は気付き、

「待て！」と叫んで、柳瀬の後を追った。

隼人は、家の裏手まで走った。柳瀬の姿はない。

家の背戸近くは、踏み固められていたが、すこし離れると雑草に覆われていた。その雑草のなかに小径《こみち》がつづき、母屋から離れた地には、小体《こてい》な民家が軒を連ねていた。その小径の先に、柳瀬の後ろ姿が見えた。抜き身を手にしたまま走っていく。

隼人は柳瀬を追うのを諦め、柳瀬の後ろ姿に目をやっていると、天野や利助たちが、駆け付けた。

「柳瀬は、どこに」

天野が訊いた。

「あそこだ」

隼人が指差した。

「逃げ足の速《はえ》えやつだ」

利助が、遠ざかっていく柳瀬の背に目をやって言った。

「追っても、追いつけまい」

隼人も、追っても無駄だと思ったのだ。

天野たちも、柳瀬を追わなかった。いっときすると、柳瀬の後ろ姿が道沿いの家の陰に隠れて見えなくなった。

「逃げられたな」

隼人が、その場にいた男たちに目をやって言った。

五

隼人が柳瀬と立ち合って逃げられた三日後の朝、隼人の住む八丁堀の組屋敷に、天野が与之助を連れて姿を見せた。

隼人は菊太郎を連れ、戸口まで出てきた。隼人たちの後ろに、おたえの姿があった。見送りに来たのである。

「天野、出かけるか」

隼人が、天野に声をかけた。

「行きましょう」

天野はそう言って、隼人の脇にいるおたえに、ちいさく頭を下げた。

隼人たちは、これから亀井町まで行くつもりだった。賭場の貸元の権兵衛を捕縛《ほばく》するためである。

柳瀬の道場は小伝馬町だが、権兵衛の塒《ねぐら》は、亀井町と小伝馬上町の町境の近くにあった。

隼人の胸の内には、柳瀬も権兵衛の許《もと》に身を隠しているのではないかとの読みがあった。それで、権兵衛を捕らえる気になったのだ。

権兵衛の罪状は、いくつもあった。賭場をひらいていたし、柳瀬や駒蔵たち盗賊を匿《かくま》っていたこともある。

隼人たちが八丁堀を出て、日本橋川にかかる江戸橋を渡ると、橋のたもとで三人の男が待っていた。利助と八吉、それに、元助である。

隼人と天野は、それぞれの手先に、江戸橋のたもとで待っているように伝えてあったのだ。

隼人たちは、剣術道場の裏手にある母屋に、柳瀬がもどっているかどうか確かめるために立ち寄った。柳瀬がいれば、捕らえるなり討つなりするつもりでいた。

だが、道場にも裏手の母屋にも、人気《ひとけ》はなかった。念のため、近所の住人に、昨日と一昨日、柳瀬の姿を見掛けていないか訊いてみたが、見た者はいなかった。

「いずれ、柳瀬は道場にもどるはずだ」

隼人が言った。

隼人は、柳瀬が駒蔵たちの盗賊一味にくわわったのは、道場を建て直す金を工面するためだ、とみていた。その柳瀬が、このまま道場を見捨てるはずはない。いずれ、道場へ帰るはずだ。

隼人たちは小伝馬上町に来ると、亀井町との境の道に入った。先に捕らえた駒蔵から、権兵衛の塒は、小伝馬上町と亀井町との境の道沿いにあると聞いていたのだ。

隼人たちは、通りの左右に目をやりながら歩いた。

先を歩いていた利助が足をとめ、

「そこに、板塀をめぐらせた家がありやす」

と言って、通り沿いにあった家を指差した。隼人たちは、駒蔵から権兵衛の家のまわりに板塀がめぐらせてあると聞いていたのだ。

界隈《かいわい》では、人目を引く二階建ての大きな家だった。家の脇で、太い松の木が長い枝を伸ばしている。

「権兵衛の住処《すみか》だ」

隼人が、その場にいる男たちに聞こえる声で言った。駒蔵から、松の木のことも聞いていたのだ。

権兵衛の家の正面に、木戸門があった。片開きの門扉《もんぴ》もある。その門扉が、とじてあった。

「踏み込みますか」

天野が隼人に訊いた。

「下手《へた》に踏み込むと、返り討ちに遭うぞ」

隼人は駒蔵から、権兵衛の塒には、子分が五、六人寝泊まりしていると聞いていた。そのなかには、吉沢という用心棒もいるとのことだった。

「それに、家に権兵衛がいるかどうか、はっきりしない」

隼人が、しばらく家を見張り、家から出てきた者を捕らえて、なかの様子を探ってから踏み込むことを話した。

隼人は通り沿いに目をやり、権兵衛の家から半町ほど離れた路傍に、表戸をしめた店があるのを目にとめた。古い店で、庇《ひさし》が垂れ下がっている。住人はいないようだ。何かの事情で、店をとじたらしい。

「あそこに、身を隠そう」

隼人が、指差して言った。

隼人たちが、店の脇に身を隠して半刻（一時間）ほど経ったろうか。権兵衛の家から、遊び人ふうの男がひとり出てきた。権兵衛の子分であろうか。

男は木戸門の門扉をあけ、通りに出てきた。懐手《ふところで》をして、歩いていく。

「あの男が、家から離れたところで押さえよう。利助、八吉、男の前にまわってくれ」

隼人がふたりに声をかけた。

利助と八吉は、すぐにその場を離れ、足早に男の後を追った。隼人は、利助と八吉が男の脇を通って、前にまわったところで、

「天野、行くぞ」

と、声をかけた。

隼人と天野は、足早に遊び人ふうの男に近付いていく。菊太郎、与之助、元助の三人は、隼人たちの後につづいた。

男は、利助と八吉が前から近付いてくると、足をとめた。利助たちが、ただの通行人ではないと分かったようだ。

「お、おれに、何か用かい」

男が、声をうわずらせて訊いた。逃げ腰になっている。

利助は無言で男に近付くと、懐から十手を取り出した。

「岡っ引きか！」

男は反転して、逃げようとした。だが、その場から動かなかった。すぐ近くに、隼人と天野の姿があったからだ。隼人の背後には、仲間らしい別の男もいる。

「挟み撃ちか！」

男は、周囲に目をやった。逃げ場を探したようだが、その場に立ったままだった。逃げ場がなかったのだ。

「お、おれは、町方の世話になるようなことは、何もしてねえ」

男が、声を震わせて言った。

「それなら、逃げることはあるまい」

隼人は、男の後ろにまわった利助と八吉に、「縄をかけろ！」と指示した。

すぐに、利助たちが、男に早縄をかけた。ふたりとも、こうしたことに慣れているので手際がいい。

六

隼人たちは来た道を引き返し、さきほど身を隠した表戸をしめた店の脇に、捕らえた男を連れていった。

隼人が男の前に立ち、

「おまえの名は」

と、語気を強くして訊いた。

男は戸惑うような顔をしたが、名を隠すことはないと思ったのか、

「弥之助《やのすけ》でさァ」

と、名乗った。

「弥之助。そこは権兵衛の住む家だな」

隼人が、板塀で囲われた家を指差して訊いた。

「そうで……」

弥之助が、小声で答えた。隼人が、権兵衛の名を出して訊いたので、隠しても仕方がないと思ったのかもしれない。

「権兵衛は、家にいるのか」

「……………」

弥之助は、無言のまま顔を伏せてしまった。

「弥之助、黙っていれば、権兵衛が助けに来てくれるのか」

隼人が訊くと、弥之助は首を横に振った。

「権兵衛は、いるのか！」

隼人が語気を強くして訊いた。

「い、いやす」

弥之助が、小声で言った。顔を伏せたままである。

「子分たちもいるのか」

「いやす」

すぐに、弥之助が言った。隼人に権兵衛のことを話したことで、素直に白状するようになったようだ。

「何人いる」

「いまいるのは、五人でさァ」

「五人か。用心棒がいると聞いたが……」

「吉沢の旦那ですかい」

弥之助が、吉沢の名を口にした。

「そうだ」

「吉沢の旦那も、家にいるはずでさァ」

弥之助によると、吉沢は子分たちとは別格で、客人のような扱いを受けているという。

「武士は、吉沢ひとりだな」

隼人が念を押すように訊いた。

「へえ」

弥之助が、首をすくめるようにうなずいた。

「……」

隼人は弥之助のそばから身を引き、「天野、何かあったら訊いてくれ」と、小声で言った。

天野は弥之助に近付き、

「家の裏手にも、出入り口があるのか」

と、念を押すように訊いた。

「ありやす」

弥之助によると、家の背戸を出て、板塀の切戸《きりど》から外へ出られるという。

「裏手も、かためた方がいいですね」

天野が、隼人に言った。

「天野、裏手をかためてくれるか。……権兵衛が子分たちを連れて出てきたら、行き先を突き止めるだけでいい」

隼人は、権兵衛が吉沢や何人かの子分を連れて背戸から出ると、天野たちが返り討ちに遭うとみたのだ。

「分かりました。……与之助、おれと一緒に来てくれ」

天野が、与之助に声をかけた。

「権兵衛の家に、むかうぞ」

隼人が、その場にいた男たちに目をやって言った。

「あっ、あっしは、どうなるんで」

弥之助が、声を震わせて訊いた。

「戸口まで、おれたちと一緒に来い。……おまえが口にした通りだったら、おれたちに手を貸したことにして、逃がしてやる」

「……」

弥之助は、困惑したような顔をしたが黙っていた。

隼人が、男たちに声をかけた。

「行くぞ」

隼人たち七人は弥之助を連れて、権兵衛の家の木戸門の前まで来た。門扉の前に利助と元助が立ち、手で押すと、すぐにあいた。子分たちが出入りできるように、閂《かんぬき》は外してあったらしい。

隼人たちは、家の戸口まで来た。格子戸がしまっている。家のなかから、男たちの声が聞こえた。何人かいるらしい。おそらく、権兵衛の子分たちであろう。

隼人が格子戸を引くと、戸は簡単にあいた。戸締まりはしていなかったようだ。敷居の先に狭い土間があり、その先が板間になっていた。板間に、人影はなかった。

隼人の脇にいた天野が、

「裏手にまわります」

と、言って、そばにいた与之助に、「行くぞ」と小声で言った。

天野と与之助は、家の脇を通って裏手にむかった。

隼人はいっとき間を置き、天野と与之助が裏手にまわるのを待ってから、その場にいた利助たちに、「踏み込むぞ」と小声で言った。

隼人は抜刀し、刀身を峰に返した。峰打ちで仕留めるつもりだった。これを見た利助たちは、十手を手にした。

隼人たちは、土間に踏み込んだ。すると、板間の先にたててあった障子の向こうで、「だれか、来たぞ!」「何人もいるようだ」という男たちの声が聞こえた。権兵衛の子分らしい。

隼人は、刀身を手にしたまま板間に上がった。利助たちが、十手を構えて隼人の後につづいた。

七

隼人は障子をあけ放った。

遊び人らしい男がふたり、座敷に立っていた。酒でも飲んでいたらしく、座敷に貧乏徳利《どっくり》と湯飲みが置いてある。

さきほど、声を上げた男であろう。隼人のそばにいた利助たちが、十手を手にして身構え、御用！　御用！　と声を上げた。

浅黒い顔をした男が、隼人たちを目にし、

「町方だ！」

と、叫んだ。

もうひとりの目の細い男が、

「来てくれ！　町方が、踏み込んできやがった」

と、奥にむかって叫んだ。恐怖に、顔がゆがんでいる。

すると、座敷の奥にたててあった襖《ふすま》の向こうで、「町方だ！」「何人も、踏み込んできたらしいぞ」などという男の声が聞こえた。

そして、襖があき、ふたりの男が顔を出した。ふたりとも、権兵衛の子分らしい。大柄な男と、瘦身《そうしん》の男だった。どちらも遊び人のような格好をしている。

「捕方は、何人もいねえ」

大柄な男が、菊太郎たちに目をやって言った。

座敷に踏み込んできたのは、隼人の他に菊太郎と、利助たち岡っ引きが三人だけだった。権兵衛の子分たちには、すくなく見えたようだ。

「おまえたちを捕らえるのは、これだけいれば十分だ」

隼人は言いざま、浅黒い顔の男にむかって踏み込んだ。素早い動きである。

男は目の前に迫った隼人を見て、反転して逃げようとした。

「遅い！」

隼人は、手にした刀を横に払った。一瞬の動きである。

隼人の峰打ちが、男の腹を強打した。

男は呻き声を上げて、よろめいた。そして、足が止まると、男は両手で腹を押さえて蹲《うずくま》った。

そこへ、利助と八吉が近付き、蹲っている男に早縄をかけた。ふたりとも、岡っ引きを長年つづけているので、下手人に縄をかけるのは、巧みである。

これを見た大柄な男が悲鳴を上げて、座敷から逃げようとした。

「逃がさぬ！」

隼人は男の後ろから近寄り、刀身を袈裟に払った。

峰打ちが、男の肩をとらえた。

ギャッ！　と声を上げ、男は身をのけ反らせてよろめいた。そこへ、菊太郎と元助が踏み込み、元助が男の両肩を摑《つか》んで押さえ付けると、

「動くな！」

と、菊太郎が声を上げ、手にした刀の切っ先を男の喉元につきつけた。

男が動きをとめたとき、隼人が男の前にまわって当て身をくれた。すると、男は苦しげな呻き声を上げて、その場にへたり込んだ。

菊太郎と元助のふたりで、へたり込んでいる男の両腕を後ろにとって縄をかけた。なかなか手際がいい。

座敷にいたふたりの男は、仲間が隼人たちに捕らえられたのを目にし、戸口の方へ逃げた。利助と八吉が、逃げたふたりを追おうとすると、

「追わなくていい」

隼人が言って、利助たちをとめた。

隼人たちがふたりの男を捕縛したとき、廊下を走る足音がした。ふたりらしい。戸口近くの座敷で、隼人たちが男たちとやり合っている騒ぎを聞き付けて、奥の座敷から駆け付けたようだ。

足音は、隼人たちのいる座敷の前でとまった。障子があいて、姿を見せたのは、武士と遊び人ふうの男である。

「町方だ！」

遊び人ふうの男が、叫んだ。歳《とし》は三十がらみであろうか。大柄で眉の濃い男だった。権兵衛の子分のなかでは兄貴格かもしれない。

もうひとりの武士は、牢人体《ろうにんてい》だった。小袖に角帯《かくおび》姿で、鞘《さや》に納まった大刀を手にしていた。

隼人は、牢人を目にし、こやつが、用心棒の吉沢であろう、とみた。遣い手らしく、身辺に隙がなかった。

「吉沢か」

隼人が、武士と対峙して訊いた。

「いかにも。……おぬしの名は」

吉沢が隼人に訊いた。

「長月隼人」

隼人は名乗ると、青眼に構えた。

吉沢は、低い八相《はっそう》に構えをとった。

ふたりの間合は、二間ほどしかなかった。部屋のなかなので、間合をひろく取れないのだ。

ふたりは対峙したまま全身に気勢を込め、斬撃の気配を見せて気魄《きはく》で攻め合っていたが、吉沢が先《せん》をとった。

「いくぞ！」

と声をかけ、吉沢はジリジリと間合を狭めてきた。

対する隼人は動かず、気を静めて、吉沢との間合と斬撃の気配を読んでいる。

一足一刀の斬撃の間合まで、あと半間――。

隼人が胸の内でそう読んだとき、ふいに吉沢の寄り身がとまった。

吉沢は、隼人の構えに隙がないのを見て、このまま斬撃の間合に入るのは、危険だ、と察知したのだ。

イヤアッ！

突如、吉沢が裂帛の気合を発した。気合で、隼人の構えを崩そうとしたのだ。

だが、気合を発したことで、吉沢の構えがわずかに崩れた。

この一瞬の隙を、隼人がとらえた。

つッ、と青眼に構えた刀の切っ先を前に突き出した。斬り込むと見せた誘いである。

次の瞬間、吉沢の全身に斬撃の気がはしった。

タアッ！

鋭い気合を発し、吉沢が斬り込んできた。

八相から袈裟へ――。鋭い斬撃である。

隼人は右手に体を寄せざま、刀身を横に払った。一瞬の反撃だった。

吉沢の切っ先は、隼人の左肩をかすめて空を切り、隼人の切っ先は、吉沢の腹を横に斬り裂いた。

吉沢は呻き声を上げてよろめき、足がとまると、手にした刀を取り落とした。そして、吉沢は両手で腹を押さえて蹲った。その指の間から血が流れ落ち、裂けた着物の間から臓腑《ぞうふ》が覗いている。

……吉沢は助からない。

と、隼人はみると、すぐに吉沢に身を寄せて、斬り下ろした。

切っ先が、蹲っている吉沢の首をとらえた。

吉沢は首から血を噴出させ、蹲ったまま横に倒れた。悲鳴も呻き声も、聞こえない。

吉沢の体を赤い布でつつむように、血が広がっていく。

隼人が吉沢をしとめた後、もうひとりの男も、座敷にいた利助たちが取り押さえて、縄をかけた。これで、捕らえたのは、三人である。

隼人は捕らえた男のそばに行くと、手にした血刀を突き付けて、

「権兵衛は、どこにいる」

と、語気を強くして訊いた。隼人の顔には、手にした血刀で斬り付けそうな凄みがあった。

「お、奥の座敷に……」

男が、声を震わせて言った。

八

隼人は、利助たちに、ここにいてくれ、と頼んだ後、

「菊太郎、奥へ行くぞ」

と、声をかけた。

隼人は、権兵衛が抵抗したら、捕らえずに、菊太郎とふたりで討ち取ろうと思った。

隼人たちは廊下に出ると、奥の座敷に目をやった。廊下沿いに、三部屋あった。一番奥の座敷で、人声と物音が聞こえた。男と女の声である。町人の物言いであることは分かったが、何を話しているか聞き取れない。

奥の座敷に近付くと、話しているのは、権兵衛とおきぬという名の女らしいことが知れた。襖越しに、「おきぬ」と呼ぶ男の声と「旦那」と呼ぶ女の声が、はっきりと聞こえたのだ。女は、権兵衛の情婦《いろ》かもしれない。

「あけるぞ」

隼人が小声で言い、奥の座敷の襖をあけた。

座敷に年配の男と、年増がいた。男は小袖に角帯姿だった。四十がらみであろうか。大柄で、浅黒い顔をしていた。

「権兵衛か」

隼人が、男を見据えて訊いた。

男は戸惑うような顔をしたが、

「権兵衛なんてえ、男は知らねえ」

と、隼人を見据えて言った。握り締めた拳が、小刻みに震えている。

「おれと一緒に来てくれ。……権兵衛かどうか、思い出してもらう」

そう言って、隼人が一歩前に出た。

そのとき、権兵衛が脇に立っていた女の後ろにまわり、いきなり女の肩を突き飛ばした。キャッ！　と悲鳴を上げ、女が隼人に突き当たった。

咄嗟《とっさ》に、隼人は女の肩をつかんで、その体を支えた。

権兵衛は隼人の脇を走り抜け、あいていた襖の間から廊下に飛び出した。素早い動きである。

「待て！」

菊太郎が、権兵衛の後を追って素早く廊下へ出た。

隼人も、女を座敷に残したまま廊下へ飛び出した。

廊下の突き当たりは、台所になっていた。流しや水瓶《みずがめ》、竈《かまど》などが見えた。水瓶の脇に、背戸があった。そこから、家の裏へ出られるらしい。

権兵衛は裸足《はだし》のまま台所の土間に下り、水瓶の脇にあった背戸へむかった。裏から逃げる気らしい。

隼人と菊太郎は、権兵衛の後を追った。

権兵衛は背戸の前まで行くと、板戸をあけて外に飛び出した。

このとき、背戸の近くに、天野と与之助が立っていた。ふたりは家の表から裏手にまわり、背戸から逃走しようとする者がいれば、取り押さえるつもりだった。

天野は、背戸から出てきた年配の男が何者か分からなかったが、権兵衛かその子分だろうとみて、男の前にまわり込んだ。

「ここは、通さぬ」

天野が声を上げ、男の前に立ち塞がった。

権兵衛は天野を見ると、驚いたような顔をしたが、

「どきゃァがれ！」

と怒声を上げ、天野の脇をすり抜けようとした。

「逃がさぬ！」

天野は手にした十手で、いきなり権兵衛を殴りつけた。

十手の先が権兵衛の頭をとらえ、ゴン、という鈍い音がした。

権兵衛は、よろめいた。そして、足がとまると、その場にへたりこんだ。苦しげに、顔をしかめている。

「与之助、縄をかけろ」

天野が指示した。

「へい！」

与之助が声を上げ、地面に座り込んでいる権兵衛の両腕を後ろにとって縛った。手際がいい。

天野は、あらためて権兵衛の前に立ち、

「おまえは、権兵衛だな」

と、語気を強くして訊いた。

「……………」

権兵衛は、口をひらかなった。顔をしかめて、天野の腹の辺りを睨むように見据えている。

そこへ、背戸から外へ出た隼人と菊太郎が近付いてきた。

「天野、こやつが権兵衛だ」

隼人が、権兵衛を見据えて言った。

「やはり、権兵衛か」

天野はそう言って、あらためて権兵衛に目をやった。権兵衛は、無言のまま顔をしかめている。

「吉沢は、どうしました」

天野が訊いた。

「おれが、斬った」

隼人は、家にいた子分たちも、あらかた捕らえたことを話した。

「これで、権兵衛一家の始末がついたわけですか」

天野が、ほっとした顔をした。

「そうだな」

隼人はそう言ったが、胸の内に、馬庭念流の遣い手の柳瀬のことがよぎった。そして、柳瀬を討つまでは始末がつかない、と思った。

「表に行きますか」

天野が言った。

「うむ、家のなかの始末もついたろう」

隼人は、利助たちも家から外に出ているだろうと思った。

第六章　勝負

一

「菊太郎、来い！」

隼人が菊太郎に声をかけた。

「はい！」

菊太郎は青眼《せいがん》に構え、手にした木刀の先を隼人にむけた。

隼人も、木刀を青眼に構えている。

ふたりがいるのは、八丁堀にある長月家の組屋敷の庭だった。

半刻（一時間）ほど前、菊太郎は奉行所から帰ると、剣術の稽古をするために一人で庭に出た。

隼人も奉行所から帰っており、庭に面した座敷で、菊太郎が発する気合や足音などを聞いていたが、……久し振りに、菊太郎と一緒に剣術の稽古でもするか。

と、思い、木刀を手にして庭に出た。

そして、ふたりの稽古が始まったのである。

「父上、行きます」

菊太郎は、青眼に構えたまま踏み込み、タアーッという声を発しざま、木刀で打ち込んだ。

「オオッ！」

と、隼人は声を上げ、手にした木刀で払った。そして、面に打ち込んできた菊太郎の木刀を受け流し、二の太刀《たち》で胴を払った。一瞬の連続技である。

隼人の木刀は、菊太郎の胴をとらえた。だが、手の内を絞って、腹を打つ前に木刀をとめている。

菊太郎は隼人との間合を広くとると、反転し、ふたたび木刀の先を隼人にむけ、

「もう一手！」

と、声を上げた。

「こい！」

隼人は言いざま、ふたたび青眼に構えた。

菊太郎と隼人の剣術の稽古は、しばらく続いた。ふたりが庭で剣術の稽古をつづけて、半刻ほど経《た》ったろうか。

おたえが、縁側に顔を出し、

「おまえさん！　利助さんが、来てますよ」

と、声をかけた。

隼人は構えていた木刀を下ろし、

「利助、ひとりか」

と、訊《き》いた。

「そうです」

「庭にまわるように、話してくれ」

と、声をかけた。

「分かりました」

おたえは、すぐに縁側から離れた。

隼人は菊太郎に目をやり、

「稽古は、利助の話を聞いてからだ」

と、言って、縁側に足をむけた。

菊太郎も、木刀を手にしたまま隼人につづいた。

隼人と菊太郎が縁側に腰を下ろすと、組屋敷の戸口の方から近付いてくる足音が聞こえ、利助が顔を出した。

隼人は利助が近付くのを持って、

「利助、どうした」

と、声をかけた。

「旦那、柳瀬を見掛けたやつがいやしたぜ」

利助が、昂《たかぶ》った声で言った。

「いたか！」

隼人が声高《こわだか》に言った。

隼人たちが権兵衛を討ち取って、十日ほど経っていた。隼人は、柳瀬を討ち取らねば、事件の始末はつかないとみて、権兵衛を討ち取ってから三日ほど、小伝馬町にある剣術道場を探ったが、柳瀬がもどったような痕跡《こんせき》はなかった。それで、利助に、「小伝馬町の方に足を延ばしたとき、剣術道場を探ってみてくれ」と指示してあったのだ。

「柳瀬をどこで、見掛けた」

隼人が訊いた。

「道場の近くのようで」

利助によると、岡っ引き仲間が、たまたま小伝馬町に出かけ、剣術道場の前を通ったとき、道場の脇から通りに出てきた武士を見掛けたという。

「その御用聞きは、柳瀬の顔を知らねえが、武士が道場の脇から出てきたんで、柳瀬とみたようでさァ」

利助が、語尾を濁して言った。利助は、柳瀬と断定はできないと思っているのかもしれない。

「その武士は柳瀬か、そうでなければ、柳瀬とかかわりのある武士だな」

隼人が言った。

道場の脇から出てきた武士がいたとすれば、裏手にある母屋から出てきたとしか考えられなかった。

「いずれにしろ、柳瀬は母屋にもどっているようだ」

隼人が、断定するように言った。

「どうしやす」

利助が身を乗り出して言った。

「これからだと、遅くなるな」

隼人が、西の空に目をやって言った。すでに、陽《ひ》は西の空にかたむいていた。八ツ半(午後三時)を過ぎているだろう。

隼人は市中巡視から帰ってきてから、菊太郎と剣術の稽古を始めたのだ。先日の隼人の剣に刺激を受け、さらに張り切っているらしい。それで、こんな時間になったようだ。

「天野にも、一緒に行ってもらいたいのだが」

隼人は、今日の内に天野に話し、明朝、一緒に小伝馬町にむかいたかった。

「利助、明日の四ツ(午前十時)ごろ、江戸橋のたもとで待っていてくれんか」

隼人が言った。

「あっしひとりで、いいんですかい」

利助は、綾次や八吉をどうするか、訊いたのである。

「明日は、利助だけでいい。相手は、柳瀬ひとりだからな」

隼人は、ひとりで柳瀬と勝負するつもりだった。

隼人が遅れをとるようなことになれば、天野に、菊太郎や手先たちと一緒に、柳瀬を捕らえてもらうつもりだった。天野には、そのことを話しておこうと思ったのだ。

捕方はすくないが、相手は柳瀬ひとりなので、何とかなるだろう。それに、柳瀬を捕らえるのは難しいとみれば、出直せばいいのだ。

「承知しやした」

利助は踵《きびす》を返すと、足早に木戸門の方にむかった。

隼人は、利助の足音が聞こえなくなると、

「菊太郎、剣術の稽古はこれまでだ」

と、言って、腰を上げた。

隼人は着替えてから天野の住む組屋敷に出かけ、明朝、小伝馬町にむかうことを話しておくつもりだった。

二

翌朝、隼人は奉行所へ出仕せず、菊太郎とふたりで天野が顔を出すのを待っていた。昨日の話で、天野は小伝馬町に向かう前に、隼人の住む組屋敷に立ち寄ることになっていたのだ。

隼人と菊太郎が座敷でいっとき待つと、おたえが顔を出し、

「天野さまが見えてます」

と、知らせてくれた。

隼人と菊太郎は、すぐに戸口にむかった。天野が、与之助を連れて待っていた。

隼人たちと一緒に戸口まで出たおたえが、

「天野さま、お茶を淹《い》れますから、一休みしてから出かけてください」

と、声をかけた。

「おたえ、のんびりしていられないのだ。これから、天野たちと小伝馬町まで行かねばならないのでな」

隼人がそう言って、天野たちと木戸門から出た。おたえは不安そうな顔をして、隼人たちを見送った。

隼人たちは八丁堀から楓川沿いの通りに出て、日本橋川にかかる江戸橋のたもとまで来ると、岸際に立っている利助の姿が見えた。隼人たちを待っていたらしい。

「待たせたか」

隼人が訊いた。

「来たばかりでさァ」

そう言って、利助はすぐに隼人の背後にまわった。

「出かけるか」

隼人が、その場にいた天野たちに声をかけた。

隼人たちは内堀沿いの通りから奥州街道に出て、東にむかい、しばらく歩いてから北に足をむけた。

そして、小伝馬町に入っていっとき歩き、剣術道場のある通りに出た。その通りをしばらく歩くと、前方に剣術道場が見えてきた。隼人たちは路傍に足をとめ、あらためて剣術道場に目をやった。

「変わりないな」

隼人が、道場を見ながら言った。

隼人たちは、道場に近付いた。道場内に人のいる様子はなく、人声も物音も聞こえなかった。以前見たときと同じようにひどく傷んでいた。出入り口の庇《ひさし》は、破損して半分ほどなかった。道場の板壁は所々剝《は》げて、板が垂れ下がっている。

「道場には、だれもいないようだ」

天野が言った。

「いるとすれば、裏手の母屋だな」

隼人が言うと、脇にいた利助が、

「あっしが、見てきやしょうか」

と、身を乗り出して言った。

「利助、気付かれるな」

隼人が言った。

「へい」

利助は、すぐにその場を離れた。ひとり、通行人を装って道場に近付いていく。

利助は道場の脇まで来ると、道場沿いを奥にむかい、母屋の前に植えられた庭木の樹陰に身を隠した。

隼人たちは路傍に立って、利助がもどってくるのを待っていた。

いっときすると、道場の裏手の樹陰から利助が姿をあらわし、道場の脇を通って、隼人たちのいる場にもどってきた。

隼人は利助がそばに来るのを待って、

「柳瀬はいたか」

すぐに、訊いた。

「いやした、母屋に」

利助が昂った声で話したことによると、母屋から男と女の声が聞こえたという。

利助は戸口に近寄って、ふたりの会話を耳にし、女が、「柳瀬の旦那」と呼ぶ声を耳にしたそうだ。

「その女は、何者だ」

隼人が訊いた。

「だれか分からねえが、柳瀬は、おまつと呼んでやした」

「おまつか。……柳瀬の情婦《いろ》かもしれんな」

隼人は、柳瀬が情婦を連れ込んだのだろう、と思った。

「どうします」

天野が、利助の脇から隼人に訊いた。

「柳瀬は、おれが斬る」

隼人はそう言った後、いっとき間《ま》を置き、

「天野に頼みがある。おれは、柳瀬と真剣勝負をするつもりだ。天野たちは、手を出さないでくれ。……おれが遅れをとったら、菊太郎や手先たちと柳瀬を捕らえてくれ」

と、念を押すように言った。

「……」

天野は顔を厳しくして黙っていたが、

「分かりました」

と、小声で言った。天野も、菊太郎、利助、与之助との四人がいれば、柳瀬を捕縛《ほばく》できると思ったようだ。

「行くぞ」

隼人が、男たちに声をかけた。

隼人が先にたち、天野、菊太郎、利助、与之助の順につづいた。隼人たち五人は、道場の脇を通り、母屋の前の庭まで来た。

隼人たちは足音を忍ばせ庭に入り、枝葉を茂らせていた庭木の植え込みの陰にまわった。

家のなかから、男と女の声が聞こえた。利助が話したとおり、柳瀬と女の声が聞こえた。女は、おまつであろう。

隼人は立ち上がり、

「天野たちは、ここにいてくれ。おれは、柳瀬を呼び出して勝負する」

そう、言い置いて、母屋にむかった。

三

隼人は、戸口の板戸に身を寄せた。すると、家のなかから柳瀬とおまつと思われる女の声が聞こえた。

酒でも飲んでいるのであろうか。瀬戸物の触れ合うような音がした。

隼人は板戸をあけて、家に踏み込んだ。狭い土間があり、その先の座敷に、柳瀬とおまつの姿があった。おまつは、花柄の小袖《こそで》姿だった。まだ若い。色白の女である。

柳瀬は、おまつを相手に酒を飲んでいた。隼人を目にし、猪口《ちょこ》を持った手が、口先で止まっている。

「長月か」

柳瀬が、隼人を見据えて言った。

おまつは驚いたような顔をして、隼人を見た後、

「おまえさん、この男《ひと》は」

と、心配そうな顔をして訊いた。

「おれを嗅ぎまわっている犬だ」

柳瀬は掃き捨てるように言い、傍らに置いてあった大刀を引き寄せた。

隼人は、土間に立ったまま無言で柳瀬を見据えている。

「おまつ、ここで待っていろ。すぐに、もどってくる」

柳瀬は、大刀を手にして立ち上がった。

「お、おまえさん……」

おまつが、声を震わせて言った。顔から血の気が引いている。

「外へ出ろ!」

隼人は、柳瀬に顔をむけたまま後退《あとずさ》った。そして、敷居を跨《また》いで外へ出た。

隼人は家の戸口から五、六間離れた場所で立ち止まった。この辺りで、勝負しようと思ったのだ。

柳瀬も戸口から出ると、立っている隼人から三間ほど離れた場所で足をとめた。

「よく、道場にもどっていることが分かったな」

柳瀬が、隼人を見据えて訊いた。

「おぬしの帰る場は、ここしかないと思ってな。目を配っていたのだ」

「確かに、そうだ。おれの居場所は、道場しかない」

柳瀬はそう言って、刀の柄《つか》に右手を添えた。

隼人も柄に右手を添え、抜刀体勢をとった。

「今日こそ、おぬしを斬る!」

言いざま、柳瀬が抜刀した。

すかさず、隼人も抜いた。そして、青眼に構え、切っ先を柳瀬の目にむけた。

柳瀬は念流の体中剣《たいちゅうけん》と呼ばれる構えをとった。青眼とほぼ同じだが、剣先が少し高いだろうか。腰の据わった隙《すき》のない構えである。

ふたりの間合は、およそ二間半――。真剣勝負の立ち合いの間合としては、すこし狭いが、庭木が邪魔になって広くとれないのだ。

ふたりは青眼に構え合ったまま、斬撃の気配を見せて気魄《きはく》で攻め合っていた。気攻めである。

ふたりは、対峙《たいじ》したままなかなか仕掛けなかった。ふたりとも隙がなく、迂闊《うかつ》に仕掛けられなかったのだ。

どれほどの時間が過ぎたのか。ふたりは、気魄で攻めることに集中しているため時間の経過の意識がなかった。

そのとき、隼人の足許《あしもと》で、チリッ、というかすかな音がした。後ろ足をわずかに前に出したため、小石を踏んだのだ。

その音が、気魄で攻め合っていたふたりの緊張を断ち切り、ふたりの全身に斬撃の気がはしった。

イヤアッ！

タアッ！

ふたりは、ほぼ同時に鋭い気合を発して斬り込んだ。

隼人が青眼から袈裟《けさ》へ——。

柳瀬は青眼から真っ向へ——。

二筋の閃光《せんこう》がふたりの眼前で合致し、刀身から青火が散った。

ふたりの刀身が、眼前で弾《はじ》き合った次の瞬間、ふたりは背後に身を引きながら二の太刀を放った。一瞬の斬撃である。

隼人は突き込むように敵の籠手《こて》を狙って斬り込み、柳瀬は刀身を袈裟に払った。

隼人の切っ先が柳瀬の右の前腕をとらえ、柳瀬の切っ先は空を切って流れた。隼人は両腕を伸ばして斬り込んだため、切っ先が敵の腕までとどいたのだ。

ふたりはすぐに身を引き、大きく間合をとった。そして、柳瀬は体中剣に構え、隼人は八相《はっそう》に構えをとった。

柳瀬の右の前腕から流れ出た血が、赤い糸のように筋を引いて足許に落ちている。

柳瀬が顔をしかめた。手にした刀の切っ先が、小刻みに震えている。柳瀬は腕を斬られたことで、体に余分な力が入っているのだ。

「おのれ！」

柳瀬は顔をしかめて言い、体中剣から刀を上げて八相に似た構えをとった。念流の構えらしい。体の顫《ふる》えを、抑えるためであろう。

「柳瀬、勝負あったぞ」

隼人が声をかけた。

「まだだ！」

叫びざま、柳瀬がいきなり斬り込んできた。

体中剣から、真っ向へ――。

だが、迅《はや》さも鋭さもない斬撃だった。

隼人は、右手に体を寄せて柳瀬の切っ先を躱《かわ》すと、刀身を袈裟に払った。一瞬の太刀捌《さば》きである。

隼人の切っ先が、柳瀬の首をとらえた。次の瞬間、柳瀬の首から、血が赤い帯のように奔《はし》った。

柳瀬は血を飛び散らせながらよろめき、足がとまると、腰から崩れるように倒れた。

地面に俯《うつぶ》せに倒れた柳瀬は首を擡《もた》げようとしたが、顔がわずかに地面から離れただけで、すぐにぐったりとなった。

柳瀬の首から流れ出た血が、倒れている体のまわりの地面に赤い布をひろげていくように染めていく。

隼人は血刀を手にしたまま、倒れている柳瀬のそばに歩み寄った。そして、無言のまま頭《こうべ》を垂れた。胸の内で、柳瀬の成仏を祈ったのだ。

そこに、天野、菊太郎、利助、与之助の四人が走り寄った。

「これで、始末がついた」

隼人はそうつぶやき、家の戸口に目をやった。悲鳴のような女の声が聞こえたのだ。おまつが、すこしひらいた戸の間から顔を覗《のぞ》かせていた。柳瀬と隼人の立ち合いを見ていたのかもしれない。

「後は、あの女に任せよう」

そう言って、隼人は刀に付いた血を懐紙《かいし》で拭ってから納刀した。

隼人たち五人は家の前から離れ、植木の間を通り抜けて道場の脇まで来た。そのとき、庭からふたたび女の悲鳴が聞こえた。おまつが、柳瀬の死体を目にしたのだろう。

隼人たちは、足をとめなかった。道場の脇を通りの方にむかって歩いていく。

四

隼人と菊太郎は、庭で剣術の稽古をした後、縁側に来て一休みしていた。

「菊太郎、だいぶ、腕を上げたな」

隼人が、額に浮いた汗を手の甲で拭いながら言った。

「父上には、かないません」

「稽古に励めば、すぐにおれを追い越す」

隼人は、笑みを浮かべた。ちかごろ、菊太郎は腕を上げた、と隼人はみていた。それも、日々たゆまず稽古をつづけているからだろう。

「父上、稽古のとき木刀を使ってますが、真剣だと動きがちがうような気がするのですが……」

菊太郎が、真面目な顔をして言った。

「そうかもしれん。……だがな、こうして木刀で稽古をつづけると、太刀捌きや間合の取り方など、体が覚えるのだ。……木刀を使って腕を上げれば、真剣勝負のときも、力を発揮できるはずだ」

隼人が言うと、

「庭で、剣術の稽古をつづけます」

菊太郎が、きっぱりと言った。

そのとき、廊下を忙しそうに歩く足音がした。おたえらしい。

おたえは、座敷に入ってくると、隼人たちのいる縁側に顔を出した。

「天野さまがお見えです」

おたえが、隼人の顔を見るなり言った。

「天野、ひとりか」

隼人が訊いた。

「そうです。ふたりにお話ししたいことがあるとか」

おたえが、隼人と菊太郎に目をむけて言った。

「ここに、通してくれ。……剣術の稽古は、これまでだ」

隼人が、菊太郎に目をやった。

「剣術の稽古は、後にします」

菊太郎が小声で言った。天野に聞こえないように、気を遣ったらしい。

「すぐ、お連れします」

おたえは、そう言い残し、縁側から出た。

隼人は座敷で待とうかとも思ったが、稽古着姿だったので、そのまま縁側で待つことにした。

いっとき待つと、おたえが天野を連れてもどってきた。おたえは、縁側にいる隼人

と菊太郎を見て戸惑うような顔をしたが、

「お茶を淹れますね」

と、言って、すぐにその場を離れた。

天野は隼人と菊太郎のそばに腰を下ろし、

「剣術の稽古ですか」

と、ふたりに目をやって言った。顔に、笑みが浮いている。

「いつまで経っても、腕は上がらんがな」

隼人が苦笑いを浮かべた。

菊太郎は、殊勝な顔をして隼人の脇に腰を下ろしている。

「ところで、天野、何か用か」

隼人が、声をあらためて訊いた。

「用があって来たというわけではないんです。ただ、ふたりの耳に入れておきたいことがありましてね」

天野が言った。

「話してくれ」

「昨日、見廻《みまわ》りを終えた後、与之助を連れて小伝馬町まで行ってみたのです」

「小伝馬町のどこだ」

隼人が訊いた。小伝馬町には、牢屋敷も柳瀬の道場もある。

「道場です」

「何か、変わったことがあったか」

隼人が、身を乗り出して訊いた。菊太郎も真剣な顔をして、天野の次の言葉を待っている。

「変わったことは、ありませんでしたが、念のため近所の住人に訊いてみたのです」

「それで」

隼人が話の先をうながした。

「道場を建て直すという噂《うわさ》があるそうです」

隼人の声が、大きくなった。驚いたような顔をしている。

「そのようです」

「だれが、言い出したのだ。柳瀬には、家族や跡を継ぐ門弟もいないようだったが
……」

隼人が首を捻《ひね》った。

「詳しいことは、近所の住人も知らないようですが、まだ、道場がそれほど傷んでなかったとき、稽古に通っていた何人かの門弟が言い出したそうです」

「道場を建て直すには、金がいるぞ」

隼人が言った。その金を得るために、柳瀬は盗賊一味にくわわったのだ。

「近所の住人の話だと、道場を壊して建て直すのではなく、屋根の雨漏りと道場の床だけ直して、稽古ができるようにするそうです」

「そうか」

隼人は、床と屋根の雨漏りだけ直すなら、それほどの金はいらないと思った。柳瀬や木島も悪事に手を染めず、道場を修繕して稽古を続ければよかった。

「いずれにしろ、あの道場も役にたつわけだ」

隼人は、胸のつかえが下りたような気がした。なぜか、隼人も、道場があのまま朽ちていくのを見たくなかったのだ。

そのとき、座敷に入ってくる足音がし、縁側におたえが顔を出した。茶を淹れてくれたらしく、湯飲みを載せた盆を手にしていた。

おたえは、天野のそばに腰を下ろし、

「天野さま、お茶がはいりました」

と、言って、天野の脇に湯飲みを置いた。

「お手間をとらせます」

天野が殊勝な顔をして言った。

おたえは、隼人と菊太郎の膝の脇にも湯飲みを置くと、隼人のそばに腰を下ろした。男たちの話にくわわる気らしい。

隼人たち男三人は話をやめて、湯飲みを手にして茶を飲んでいた。

「このところ、うちのふたりは、夜遅くまで家をあけることが多いんですよ。天野さまもそうですか」

おたえが、隼人と菊太郎に目をやって訊いた。どうやら、おたえは、隼人と菊太郎が出かけることが多く、しかも帰りが遅いので、心配でならなかったのだろう。

「お、同じです。このところ、事件が多いものですから」

天野が、声をつまらせて言った。

「おとせさんは、家で心配なさってるはずですよ」

おたえが、しんみりした口調で言った。おとせは、天野の妻である。

「…………」

天野は、困ったような顔をして視線を膝先に落とした。

隼人は胸の内で、もうすこしおたえのことを考えてやればよかった、と思ったが、黙っていた。

そのとき、菊太郎が、

「母上、今度一緒に行きましょう」

と、身を乗り出すようにして言った。

「菊太郎、どこへ行く気だ」

慌てて、隼人が訊いた。

「母上の行きたいところ」

菊太郎が言うと、おたえはいっとき考えていたが、

「みんなで一緒に行くなら、音羽町《おとわちょう》の『丸よし』さんでいい」

と、涙声で言った。菊太郎が、母親のことを思って言ってくれたことが、嬉《うれ》しかったらしい。

丸よしは、八丁堀を出て楓川を渡った先の音羽町にある料理屋だった。家族で何度か行ったことがある。

「天野、どうだ。おとせさんも一緒に、おれたちと丸よしに行かないか」

隼人が、天野に訊いた。

「行きます。おとせも、喜んでくれるはずです」

天野が、身を乗り出すようにして言った。

隼人は胸の内で、これで一件落着だな、とつぶやいた。

時代小説文庫
と 4-39

剣鬼《けんき》と盗賊《とうぞく》 剣客同心親《けんかくどうしんおや》子《こ》舟《ぶね》

著者 鳥羽《とば》 亮《りょう》
2020年6月18日第一刷発行

発行者 角川春樹

発行所 株式会社 角川春樹事務所
〒102-0074 東京都千代田区九段南2-1-30 イタリア文化会館

電話 03(3263)5247[編集] 03(3263)5881[営業]

印刷・製本 中央精版印刷株式会社

フォーマット・デザイン＆シンボルマーク 芦澤泰偉

ISBN978-4-7584-4344-9 C0193
http://www.kadokawaharuki.co.jp/[営業]
fanmail@kadokawaharuki.co.jp[編集] ご意見・ご感想をお寄せください。